勒瑰恩
十五篇跨次元
旅行記

轉機

娥蘇拉・勒瑰恩 著

嚴韻 譯

Changing Planes

Ursula K. Le Guin

目錄

導讀

在自由的書寫中旅行：娥蘇拉．勒瑰恩與《轉機》

◎曲辰（作家）

我猜想，你是娥蘇拉．勒瑰恩的書迷，才會在書店書架上或是網路上看到這本書時，馬上拿起來翻看或是點開網頁想搞清楚這本書在說些什麼吧？

如果你是「地海系列」（*Earthsea*）的讀者，你期待的應該是一段以舒緩如詩的語言所訴說的，發生在遙遠地方卻又如在眼前的神話故事；如果你是她的科幻小說讀者，那你期待的大概會是像《黑暗的左手》（*The Left Hand of Darkness*, 1969）或是《一無所有》（*The Dispossessed*, 1974）那樣帶著批判眼光的關於異世界的書寫。無論如何，你都很清楚，她獨特的文風與風格化的展開故事的方式，總是可以輕易的用故事捎上你到某個與現實並不那麼相同的世界中，沉浸在不同角色的命運裡。

只是，這本《轉機》（*Changing Planes*）好像不太一樣。故事開篇，敘事者告訴我們，相較於飛機起飛帶給我們對於即將抵達的地點的期待感，「機場」本身則是無趣而沉悶，「是你什麼地方都去不了的地方，是時間不會流動、任何存在都不可能有意義的地方」。而在這種被無趣與加倍的無趣夾殺間的地方，有人發明了時空轉換法，藉由這套方法，每個人都可以在機場任意的往某個「次元」前進，這本書就是敘事者記載了這些次元的旅行經驗的筆記。

相比於小說，這本書似乎更接近遊記；而相比於一段虛構而充滿幻想的旅程，這本書帶著更強烈的現實感，畢竟，我們很難遏制自己在讀的時候將敘事者「我」想像成曾經在網路上看過的勒瑰恩的面孔。這並不奇怪，這本原著出版於二〇〇二年，那時勒瑰恩已然七十三歲，儘管仍創作不輟，還是可以看到她的精力與專注力大不如前，作品讀來總有種簡筆感，作者意圖也稍嫌直白，未如過去的細密掩蓋。這本作品，或許就是她還擺盪在虛構與直抒胸臆中間所達成的妥協吧。

對熟悉西方文學傳統的讀者而言，「遊記」本身就是一個饒富興味的文學類型，不同於我們以為的這類文學總是立基於現實之上，自荷馬《奧德賽》（*Odyssey*）始，遊記就不必然為真。如果我們把旅遊當成一種我們帶著既定的認知越過邊界，在與「他者」碰撞的過程中發現自己的世界形狀的過程。那相較於真實，如何在我們的現實之外擬造另一層現實，而藉由主角與其相遇以傳達作者的意圖，大概才是遊記最重要的功能。

所以這也就是有人認為，現代小說脫胎自遊記的關係，想想《唐吉軻德》（*Don Quixote*）跟《魯賓遜漂流記》（*Robinson Crusoe*），這樣的論斷似乎有幾分道理。只是我在這邊想提醒大家注意的，則是另一本也稱得上家喻戶曉的《格列佛遊記》（*Gulliver's Travels*）。

如果你只讀過這本由斯威夫特（Jonathan Swift）所寫的兒童版改編本，那你可能只會記得小說中強調格列佛因為到不同的國家遇到不同體型大小的人而發生的諸多趣事。但實際上，作為愛爾蘭人，他將英格蘭的霸道蠻橫，以及黨派的互相征伐全都化成了故事情節，我們甚至還可以看到他賦予了小說中格列佛所經歷的每個國家不同的政治體系（例如小人國是貴族議院制度而大人國則是人民直選），來闡釋自己的政治理念與期待。

有沒有覺得很熟悉？這幾乎就是勒瑰恩最擅長的事，無論是「地海系列」或科幻小說，她總是藉著一個與我們既類似又不相同的異世界的描繪，來傳遞其核心理念，從角色到情節，都是為了讓讀者能夠更理解那個世界而存在的。這也就是為什麼，我們常可以看到她放棄了小說家在某些生活細節上輕輕掠過的權力，反而轉以人類學者的眼光描述這個特定的星球或文化（這恐怕跟她父親的人類學家背景也有些關係）。

她在一九七五年的文章〈美國科幻小說與「他者」〉（American SF and the Other）中，以一種諷刺的口氣提及那個時代的「多數」科幻小說「都令人難以置信的走回頭路與缺乏想像力」，「所有的銀河帝國都直接照搬一八八〇年的大英帝國」，「所有的行星不是被視為打的熱火朝天的民族國家、就是單方面被剝削的殖民地、或者被仁慈的地球帝國推動進一步的發展」。向來相信科幻小說能夠使讀者想像「另一種可能」——無論是國家體制、價值系統、性別政治——的勒瑰恩對此感到不滿，認為科幻作家跟讀者們該停止他們「回到維多利亞時期的白日夢」，進而動用想像力去思考「未來」（也就是當下的替代現實）才是真正科幻小說的意義。所以她對此作出了嘗試，並成功地挑戰與挑釁了原本以白人男性為主的科幻小說文壇。

於是我們可以為斯威夫特到勒瑰恩畫出一條屬於幻設小說（speculative fiction）的脈絡，雖然與科幻小說（science fiction）的縮寫同樣為ＳＦ，但幻設小說主張以「幻想介入現實」為類型核心，認為無論技術手段是魔法或是科學，都可以為讀者打造一個「既同又不同」的小說世界，以提醒或搖撼我們既定的世界認知。

《轉機》放棄了小說敘事，但反而回到最樸素的「人與異界相遇」的遊記傳統，以旅人的眼光去介入他者的生活細節。我們如同旅客一樣，儘管帶著自我去旅行，最終卻被這段旅程的所見所聞改變了自我。

———

二〇一四年，離勒瑰恩過世還有三年多的時間，她獲頒美國國家圖書獎（National Book Award）「卓越貢獻獎」（Medal for Distinguished Contribution to American

Letters），從英國作家尼爾．蓋曼（Neil Gaiman）手中接過這個堪稱「終身成就獎」的獎牌後，她在致詞時抨擊起了當今只向利益看齊的出版界，認為銷售部門居然決定了這個行業的主要發展，並讓那些「現實主義者」（為了討好市場而寫的作家）得到了多數的「褒獎」。

隨即，她話鋒一轉，說道：

「我想，困難的時刻即將到來，屆時我們將會需要那些可以提供我們現存生活方式的替代可能、那些可以無視為恐懼所惱的社會以及對技術的迷戀而展現其他存在方式、或甚至可以想像出一種有著實際可能的希望的作家，我們會需要那些還記得自由的作家——詩人、遠見者，或基於更大現實的現實主義者。」

這邊提及的「困難的時刻」，指的是資本主義改變世界的方式，它並非帝國式的殖民，也不是上對下的控管，資本主義就是以一種你無法察覺的方式固化我們的想像，讓我們自我箝制，但勒瑰恩再度展現了她對人類的樂觀：「任何人類創造出來的權力，都可以被人類抵抗與改變，這些抵抗與改變往往始於藝術，更往往始於我們的藝術——文字的藝術……利益並非我們的褒獎，屬於我們的真正褒獎，叫做自由！」

為了保有這份自由，為了讓我們仍然可以在這個狀似固化的世界中找到移動的可能，勒瑰恩寫了《轉機》，而我們或許真能在閱讀這本書的過程中，得到那足以抵抗與改變的自由。

如果真能這樣，那就太好了。

中文版編輯說明

一・本書關鍵詞說明：英文「plane」可解作「飛機」，亦可解作「次元」。

二・關鍵詞說明與中文版書內注釋均為譯者所作，特此感謝譯者用心。本書中若有任何漏謬之處，編輯部責無旁貸，尚請不吝指正。

作者識

寫作這本書時，搭機旅行的麻煩困擾似乎全來自管理機場和經營航空公司的企業，沒有躲在山洞、不容異己的大鬍子狂熱分子來火上加油。當時拿這整件事來開玩笑很容易，畢竟那些麻煩只是不便、不適而已。如今情況已有所改變，但「希妲·杜立普轉換法」的原則依然有效。錯誤、畏懼與苦難乃發明之母。受限的身體了解並重視心靈的自由。

希妲・杜立普轉換法

飛機可達的範圍——區區幾千哩，世界的另一頭，椰子樹、冰河、摩洛哥、摩納哥、喇嘛、駱馬等等——有限得可憐，跟機場簡直沒得比；善於運用機場的高手，可以體驗到各式各樣包羅萬象的經歷。

飛機狹小、擁擠、混亂、吵鬧、細菌滋生、令人不安、百無聊賴，在完全不合理的時段供應難以下嚥的食物。機場雖然比飛機大，但同樣人擠人，空氣惡劣，充滿噪音，壓力緊繃，而且食物常比飛機餐還糟，全是一團團油炸的不明物體，吃東西的地方更是令人沮喪得想自殺。飛機上，每個人都被安全帶牢牢綁在座位上，只有短暫空檔可以移動，獲准排隊等待清空膀胱，終於快輪到進入廁所小隔間時卻又被嘮叨的廣播趕回座位，再度動彈不得。機場裡，人們拖著大包小包行李在永無盡頭的走廊匆忙地跑來跑去，活像試圖逃出地獄的靈魂，各自拿著惡魔發給的既不相同又不正確的地圖。另外有些人看著這些匆匆忙忙跑來跑去的人，他們坐在被用鉚釘固定在地上的塑膠椅，身體看起來也簡直就像用鉚釘固定在椅子上。因此，比較到目前為止，機場和飛機可說是不相上下，就像一座化糞池底跟另一座化糞池底沒什麼兩樣。

如果你和你要搭的飛機都準時，那麼機場只是散漫、短暫、令人鬱悶的前奏，後面接著緊湊、漫長、令人鬱悶的航程。但是，萬一你的抵達時間跟轉機時間隔了五個小時；或者班機遲到，害你趕不上轉搭的航班；或者轉搭的航班遲到；或者另一家航空公司的員工為了爭取薪資福利罷工，而政府還沒派出國民警衛隊來控制這項對國際資本主義的威脅，於是你這家航空公司的職員得設法消化比平常多一倍的旅客；或者颳颶風、雷電交加下大雨、暴風雪來襲、飛機少了什麼重要的小零件，或基於其他一千種原因（無論情況如何，永遠不是航空公司的錯，而且也鮮少會在當下有所解釋），使得要搭機前往別處的人枯坐在機場等了又等、等了又等，什麼地方都去不了，怎麼辦？

這時候——而這很可能才是它真正的面向——機場就不是旅行的前奏，也不是過渡的場所，而是一種停止。一種阻塞。一種便秘。機場是你什麼地方都去不了的地方。是時間不會流動、任何存在都不可能有意義的地方。是終點，是結束。機場提供不了任何東西給任何人，只有班機與班機之間的空檔。

第一個意識到這一點的人，是來自辛辛那提的希妲・杜立普，她也由此發現了如今我們使用的跨次元技術。

她在芝加哥要轉機到丹佛，航班延誤了，因為飛機發生了某種難以啟齒——至少是沒人說明——的故障。出發時間先是改到一點十分，比原訂時間晚兩小時。到了一點五十五分，出發時間改為三點。再後來，出發班機的螢幕上根本不見這班飛機。登機門旁沒有工作人員回答問題，排在櫃檯前的隊伍足足有八哩長，只比上廁所的隊伍稍短一點。希妲・杜立普先前站在一張骯髒的塑膠櫃檯旁吃了頓難以下嚥的午餐，因為少數幾張桌子都被人占滿，不是發出哀鳴、一旁跟著凶巴巴父母的倒楣小孩，就是身穿短褲、背心、橡膠人字拖鞋的毛茸茸大塊頭年輕人。她早就讀完了當地報紙的社論，其論點包括鼓吹挪用教育預算興建更多監獄，以及贊成近日通過的、讓個人收入比羅馬尼亞全國還高的公民減稅的措施。機場的書店不賣書，只賣暢銷書，後者希妲・杜立普沒法讀，一讀身體就會出現嚴重的排斥反應。她在一張椅腿是金屬管、且被鉚釘固定在地板上的藍色塑膠椅坐了超過一個小時，左右是一排人坐在椅腿是金屬管、以鉚釘固定在地板的藍色塑膠椅上，對面有另一排人坐在椅腿是金屬管、用鉚釘固定在地上的藍色塑膠椅，突然（後來她這麼說），「我靈機一動。」

她發現，只要稍微扭轉、滑動、彎曲，做起來比說起來簡單，就可以去到任何地方——身在任何地方——因為她介於班機與班機之間，**也就置身於次元與次元之間**。

她發現自己置身史川普色茲，那區域充滿水龍捲[1]和火山，很容易前往，風景優美，不過有點3D化。因為缺乏經驗，她怕自己錯過班機，因此只待了一、兩個小時就回到機場，結果立刻發現這個次元的時間幾乎沒過去幾分鐘。

她大喜過望，再度溜走，來到了德傑幽。她在「跨次元事務署」經營的一家小旅館住了兩晚，房間陽臺下就是琥珀色的索木埃海。她在海灘上散步良久，在浮力很強的金黃色冰涼海水裡游泳——「就像游在白蘭地加蘇打水裡。」她說——還結識了一些來自其他次元的和善訪客。德傑幽的原住民個子很小，不會來煩你，他們對別人毫無興趣，

1 Waterspout，指在水面上形成的龍捲風。

從來不下地，高高盤踞在棕櫚樹梢討價還價、閒聊八卦、對唱柔和輕快的情歌。她依依不捨地回到機場，看看時間，才過了九分鐘還是十分鐘。不久就廣播她的班機開始登機了。

她飛去丹佛是為了參加妹妹的婚禮。回程她在芝加哥錯過了轉接的班機，結果在楚姆度過一星期，後來也屢次舊地重遊。她在廣告公司工作，經常搭飛機出差，現在她的楚姆話已經講得跟當地人一樣流利了。

希妲把轉機／轉換次元的方法教給幾個朋友，我有幸身為其中之一。於是這項技術，這個方式，就逐漸從辛辛那提流傳出去。我們這次元很可能也有其他人自己發現了這個方法，因為如今這麼做的人似乎很多，有些還是誤打誤撞。你偶爾會遇到這樣的人。

在阿索努，我遇到一個來自坎登西亞次元的男人，那次元跟我們很像，只不過多倫多占地較廣。他告訴我，坎登西亞人要轉換次元很簡單，只需吃兩根醃黃瓜，束緊皮帶，挺直身體坐在硬椅子上，不要靠到椅背，以每分鐘呼吸十下的速率持續十分鐘即可。跟我們的技術比起來，他們的方法真是簡單得令人羨慕。我們（指的是我沒旅行時所在的這個次元的人）好像只能在機場轉換次元。

跨次元事務署很久以前便證實，混合了緊繃、倒楣、消化不良和無聊的某種特定組合，是促進跨次元旅行的基本要素，不過其他大多數次元的大多數人，都不需要忍受我們這種苦難。

本書中對其他次元的報告與描述，有的來自朋友，有的是我自己的旅行經驗加上在各式各樣圖書館查到的資料。這些內容可能會吸引讀者嘗試進行跨次元旅行，或者就算不行，至少也可以幫你在機場打發一個小時。

依斯拉克的粥

必須承認，希妲·杜立普發明的這個轉換法並非完全可靠，有時你會發現自己到的地方不是原先打算去的地方。如果你旅行時總不忘攜帶羅爾南的《方便好用的次元指南》，那還可以臨時抱佛腳，趕快惡補一下當地的相關資訊，不過羅爾南也並非永遠可靠就是了。但是整整四十四冊的《次元百科全書》又不能隨身攜帶，而除了死物之外，有什麼東西是完全可靠的？

我是無意間抵達依斯拉克的，當時我經驗不足，也不知道該在行李箱裡塞一本羅爾南。當地的「跨次元飯店」倒是有一套《次元百科》，不過不巧送去重新裝訂，因為，他們說，裝訂膠被熊吃掉了，書變得四分五裂。我心想依斯拉克這裡的熊還真古怪，卻不想多問。我在走道上和房間裡仔細查看，怕有熊潛伏在角落。那家飯店很漂亮，工作人員也很和善，因此我決定既來之則安之，在依斯拉克待個一、兩天。我在房間裡試用內建的閱讀器翻看架上的書，已經差不多忘記熊的事，這時書擋後面傳來窸窸窣窣的竄跑聲。

我移開書擋，突然間看見那生物一身深色的毛，有一條看來活像電線的細長東西，大概是尾巴。那東西身長約六到八吋，不包括尾巴。我可不想跟牠共處一室，但又很討厭跟陌生人抱怨——只有跟真正熟識的人抱怨，才能得到滿意的結果——便移動沉重的書擋，擋住那生物剛鑽進的牆洞，然後下樓吃飯。

這間飯店用餐是家庭式的，所有客人共坐一張長桌。大家都很友善，來自好幾個不同次元。借翻譯器之助，我們彼此得以交談，不過整個房間裡的對話讓機器電路負荷過重。坐我左邊的是一位玫瑰色的女士，來自她稱之為阿耶斯的次元，她說她和丈夫常來依斯拉克。我問她知不知道這裡的熊是怎麼回事。

「是的。」她說，微笑點頭。「牠們不會傷人，但真是煩人的小東西！又是把書弄壞，又是舔信封，又是爬上床！」

「爬上床？」

「是的，是的。是這樣，牠們以前本來是寵物。」

她丈夫傾身向前，越過她對我說話。那是一位玫瑰色的先生。「泰迪熊。」他微笑著用英文說。「是的。」

「泰迪熊？」

「是的，是的，」他說，然後不得不改用回自己的母語繼續：「泰迪熊是小孩的小寵物，不是嗎？」

「但它們不是活的動物啊。」

他一臉驚恐。「所以是死的動物？」

「不是……是填充的動物，玩具……」

「是的，是的。玩具，寵物。」他說，點頭微笑。

他談起造訪我這個次元的經驗。他去過舊金山，很喜歡那裡，我們的話題便從泰迪熊轉到地震。他碰上一場五點六級的地震，認為那是「非常迷人的經驗，非常令人享受」，他邊講那段故事，我們三人邊大笑不已。這對夫婦真是好人，態度非常積極樂觀。

回房後，我把行李箱推過去壓住那個擋住牆洞的書擋，躺在床上希望泰迪熊沒有後門可鑽。

那天晚上沒有東西爬上我的床。我醒得很早，因為先前從倫敦飛到芝加哥，時差還沒恢復過來，而我接著要飛西岸的班機延誤了，所以才有這段假期。這是個溫暖宜人的早晨，太陽剛剛升起，我起床，出門透氣，看看依斯拉克次元的這個斯拉斯市。

這裡很像我那個次元的大城市，沒有什麼看來異國風的東西，只不過建築的風格和大小比我們那裡混雜得多。也就是說，我們把望之儼然的大建築蓋在市中心和好地段，不起眼的小建築則蓋在一般鄰里或市郊或貧民區或破落地段。但在斯拉斯的這個住宅區，大房子和小屋全擠在一起，有些小到簡直只是棚屋。我朝反方向的市區走去，發現辦公大樓也是這般規模迥異，差別極大。一棟龐大古老、高達四十層的花崗岩大樓，旁邊緊鄰一棟寬僅十呎、每層高僅五、六呎的十層樓建築——好像娃娃屋世界的摩天大樓。然而這時路上已經有很多依斯拉克人，比起建築，他們更讓我迷惑。

他們的高矮胖瘦、髮膚顏色之變化多端，簡直令人驚詫。一個絕對有八呎高的女人名副其實掃過我身旁——她是清道工，正忙碌而優雅地掃除人行道上的塵土。她背後有一大團羽毛插在腰帶上，我猜是備用的掃把或雞毛撣子，看起來像鴕鳥尾巴。接下來一名商界男士大步走過，以一枚耳機、麥克風和眼鏡的左側鏡框跟電腦網路相連，一邊研究市場報告一邊滔滔不絕。他身高大概只到我腰間。對街走過四個年輕男子，外表毫無古怪之處，只不過四人長得一模一樣。然後是一個背著小書包正要上學去的小孩，雙手雙腳著地，動作俐落輕快，雙手套著皮套或該說皮靴以免被人行道磨傷。他膚色蒼白，眼睛很小，有著動物般突出的口鼻部，但樣子真是可愛極了。

市區一處公園旁，一家露天咖啡館剛開門。我不知道依斯拉克人早餐吃什麼，但我餓壞了，什麼食物都願意嘗試。我把翻譯器伸向女侍，她年約四十，神態疲憊，在我看來毫無不尋常之處，只有那頭濃密美麗、紮著花俏繁複辮子的黃色秀髮比較特殊。「請告訴我，外來人早餐該吃什麼。」我說。

她噗嗤笑出聲，然後露出美麗和藹的微笑，透過翻譯器說：「唔，那應該是你告訴我才對。我們吃克雷地夫，或者水果配克雷地夫。」

「那就麻煩給我一份水果配克雷地夫。」我說。她旋即送上一盤看來可口的各式水果，還有一大碗淺黃、微溫的糜狀物，表面平滑，稠度相當於非常濃的鮮奶油。聽起來很可怕，不過吃起來很可口——溫和但別有滋味，能飽肚卻又清淡，略帶一點刺激性，像咖啡歐蕾。她等在一旁，看我喜不喜歡。「對不起，我剛剛沒想到問你是不是肉食性的。」她說。「肉食性的人早餐吃生肉濃汁，或者克雷地夫配內臟。」

「這就很好了。」我說。

店裡沒有其他客人，她對我頗有好感，我對她也是。「可以請問你是哪裡人嗎？」她問，於是我們聊了起來。她名叫艾莉阿勒。我很快就發現她不但聰明，而且受過高等教育，有植物病理學的學位——但她說，她能找到女侍這份工作已經很走運了。「因為『禁令』的關係。」她聳聳肩說。她發現我不知道「禁令」是什麼，本想告訴我，可是這時已另有客人坐下，一桌是個魁梧公牛似的男人，另一桌是兩個小老鼠似的女孩，她得去招呼客人。

「真希望能繼續聊下去。」我說。她露出和藹的微笑說：「唔，要是你十六點再回來，我就可以坐下來跟你聊。」

「我會的。」我說，也確實這麼做了。我在公園和市區四處逛逛，回飯店吃午餐，睡個午覺，然後搭單軌電車再回市區。我從沒見過像那節車廂裡那麼多采多姿、各異其趣的人：各式各樣的體型、大小、顏色，各種濃密度不一的毛髮或毛皮或羽毛（先前那個清道工的尾巴真的是尾巴），甚至——我邊看著一個瘦長發綠的年輕人邊想——還有葉片。他兩耳上方的那些東西應該是蕨類吧？陣陣和風吹進車窗，他小聲自言自語著。

不幸的是，貧窮似乎是依斯拉克人唯一的共通點。這城市顯然不久前還非常繁榮。單軌電車相當時髦進步，但已逐漸顯出缺乏維護的疲態。殘存的古老建築——接近我所熟悉的大小——雄偉但破舊，而且四周擠滿巨人屋和娃娃屋和馬廄或鷹欄或兔棚似的房子，這些近期才蓋的建築全雜亂無章，看起來搖搖欲墜，廉價又寒酸。依斯拉克人本身也都模樣寒酸，不然就是根本衣衫襤褸。有些長毛皮和羽毛的人身上就只有毛皮和羽毛，沒穿衣服。那個綠色男孩只穿了一條遮羞圍裙，粗糙的枝幹和四肢都裸露在外。這國家有很深層、很難解的經濟問題。

艾莉阿勒坐在她工作場所隔壁那家咖啡館（其實是克雷地夫館）的露天座位，微笑向我招手，我走過去坐下。她喝的是一小碗加了甜香料的冰克雷地夫，我依樣也點了一杯。「請告訴我『禁令』是怎麼回事。」我問她。

「我們以前長得跟你一樣。」她說。

「發生了什麼事?」

「唔,」她說,遲疑了一下。「我們喜歡科學,喜歡工程。我們是很好的工程師。但也許不是很好的科學家。」

長話短說:依斯拉克人擅長實用物理、農業、建築、都市發展、工程、發明,卻在生命科學、歷史和理論方面較弱。他們有愛迪生和福特之類的人物,不過沒有達爾文,沒有孟德爾。依斯拉克的機場變得跟我們一樣糟(說不定有過之無不及)之後,他們便開始在不同次元之間旅行。大約一百年前,一名科學家在另一次元發現了應用遺傳學,帶回依斯拉克,眾人為之著迷,很快就嫻熟掌握了遺傳學的原理。或者也許並非那麼嫻熟,可是他們已經興沖沖開始運用在所有生物身上。

「首先,」她說:「改造植物。讓糧食作物產量變多,或者對抗細菌和病毒、殺死昆蟲,等等。」

我點頭。「我們那邊也做很多這種事。」我說。

「真的嗎?那你是不是……」她想問什麼,卻似乎不知該怎麼開口。「我是玉米。」最後她終於害羞地說。

我查對翻譯器。烏斯魯：玉米，玉蜀黍。我查辭典，辭典上說依斯拉克的烏斯魯和我那個次元的玉蜀黍是同一種植物。

我知道玉米的古怪之處在於沒有野生型態，只有野生的遠親祖先，後者根本不像玉米。玉米完全是古代採集者和農人長期培育之下的成品，早期的遺傳學奇蹟。但這跟艾莉阿勒有什麼關係？

艾莉阿勒有一頭美麗、濃密、金黃、玉米色的頭髮，在頭頂綁成一束，披下好多條辮子……

「只占我基因的百分之四。」她說。「另外還有大約百分之零點五的鸚鵡，不過是隱性的，謝天謝地。」

我還沒完全消化她說的這些話。我想，從我驚愕的沉默中，她已經得到了答案。

「他們完全不負責任。」她語氣嚴厲，「全是一群蠢蛋，用一大堆計畫和政策要把一切變得更美好，還放任各式各樣的生物交互繁殖。十年之內米就滅絕了，因為改良的品種沒有繁衍能力，造成可怕的饑荒……蝴蝶，我們以前有蝴蝶，你們那裡有嗎？」

「還有一些。」我說。

「德樂茶呢？」翻譯器說那是一種會唱歌的螢火蟲，如今已絕種。我惆悵地搖搖頭。

她惆悵地搖搖頭。

「我從沒見過蝴蝶或德樂茶，只有照片……牠們被殺蟲的複製植物殺光了……但科學家還是沒學乖——完全沒有！他們開始改良動物，甚至改良我們！會說話的狗，會下西洋棋的貓！個個天才、永遠不會生病、能活五百年的人！這些他們都做了，沒錯，全都做了。現在到處都是會說話的狗，無聊到難以置信的地步，牠們講來講去永遠離不開性交和大便和氣味，氣味和大便和性交，還有你愛不愛我、你愛不愛我、你愛不愛我。我受不了會說話的狗。我有一隻叫羅佛的大貴賓狗，牠從來沒說過半個字，親愛的好孩子。改良過的人類就更糟了！我們永遠、永遠也擺脫不了現任首相。他是個『健康人』，天殺的GAPA。他現在九十歲，看起來像三十歲，而且還會繼續看起來像三十歲、繼續當首相四個世紀。他是個虔誠的偽君子，貪婪、愚蠢、狡猾、小心眼，一肚子壞水。這種人還真適合連著五個世紀播種生小孩啊……我也不是說『禁令』是錯的。五十年前狀況真的很惡劣，非得採取對策不可。他們發現所有的遺傳學實驗室都被駭客滲透，技術人員半數都是『生物派』狂熱分子，『神宗教會』在東半球開設祕密工廠，專門生產基因混雜的生物……當然那些成品大部分都失敗了，卻還是有很多遺留下來……那些駭客技術很高明。你看過雞人吧？」

她這麼一問，我立刻就想到的確看過：那些人矮矮胖胖，在十字路口呱呱叫著亂跑，來往車輛努力閃避他們，造成交通阻塞。「他們讓我真想哭。」艾莉阿勒說，看起來的確很想哭的樣子。

「因此『禁令』禁止進一步實驗？」我問。

她點頭。「是的。事實上，他們炸光了實驗室，然後把生物派送去古比接受再教育，監禁所有神宗教父，還有大部分教母，我猜是這樣沒錯。他們射殺遺傳學家。摧毀所有正在進行的實驗，也包括產品，如果那些產品——」她聳聳肩，「『太偏離常規』。還說什麼常規！」她滿面怒容，儘管那張陽光的臉並不適合這種表情。「我們再也沒有常規了。也沒有物種可言。我們是一鍋遺傳學的大雜燴粥。我們種玉米，長出的是抗象蟲的苜蓿，聞起來有氯氣的味道。我們種橡樹，長出的是五十呎高的毒櫟，樹幹足有十呎粗。我們做愛的時候，不知道將來會生出嬰兒，還是幼獸，還是雛鳥，還是小樹。我女兒——」講到這裡，她表情扭曲，得用力抿緊嘴唇才說得下去。「我女兒住在北海，吃生魚。她很美，深色髮膚，絲般滑順，非常美麗。可是——她兩歲時我就得帶她去海邊，得把她放進冰冷的水裡，放進那一波波洶湧大浪。我得讓她游走，讓她依照自己的特性過活。但她也是人啊！她是人，她也是人啊！」

她哭了，我也哭了。

過了一會兒，艾莉阿勒繼續告訴我，那場「基因大崩壞」造成經濟嚴重衰退，「禁令」的「純度條款」更使情況雪上加霜，因為該條款規定各種專業和公職都只准許基因百分之九十九點四四為人類的人擔任——「健康人」、「正義人」及其他GAPA（這個縮寫的全名是「由緊急政府批准之遺傳改造成品」）例外。所以她只能當女侍。她有百分之四的玉蜀黍基因。

「在我們那裡，玉蜀黍曾被許多民族尊為神聖之物。」我說，但幾乎不知道自己在說什麼。「那是一種很美的植物。玉米做的東西我都愛——玉米糊、鋤頭玉米餅、玉米麵包、墨西哥玉米餅、玉米罐頭、玉米醬、玉米粒、粗玉米粉、玉米威士忌、玉米濃湯、烤玉米、墨西哥玉米粽——全都很好。又好，又和善，又神聖。希望你不介意我一直在說吃玉米的事！」

「當然不會。」艾莉阿勒微笑說道。「不然你以為克雷地夫是什麼做的？」

過了一會兒，我問她泰迪熊的事。她當然聽不懂這個詞，於是我形容房間書架上的那種生物，她點頭——「哦，是了！那是書蠹熊。是這樣的，早先遺傳學家改善所有生物的時候，把熊縮小變成兒童的寵物，就像填充玩具，只不過是活的。個性設定為溫和、親人。而他們用以縮小熊的基因有些來自昆蟲——跳蟲和蠼螋。然後這些熊開始吃小孩的書。晚上牠們本應跟小孩一起擠在床上，卻跑去吃書。牠們喜歡紙和膠。而且牠們繁殖的後代長出電線一樣的長尾巴，下顎也有點像昆蟲，所以小孩也不喜歡牠們了。不過那時候牠們已經逃進牆壁木板之間……有些人叫牠們蠼螋熊。」

後來我又去過依斯拉克好幾次，去看艾莉阿勒。那不是個快樂的次元，也不令人安心，但是為了見到那和善的微笑、那頭金髮，為了跟那個玉米女子一起喝玉米粥，要我去更糟的地方我也願意。

阿索努的沉默

阿索努的沉默遠近馳名。初來此一次元的訪客會以為這些親切、纖細的人是啞巴，唯一的語言只有手勢、表情和眼神。等到聽見阿索努孩童吱喳閒聊，訪客便疑心阿索努成年人只跟自己人交談，對陌生人則保持沉默。現在我們知道阿索努人並非聾啞，但是一旦脫離幼年，他們就鮮少在任何情況下跟任何人說話。他們不寫字，也不像啞巴或發誓緘默的僧侶，用任何符號或其他方式代替說話。

這種對語言近乎完全棄絕的態度，使阿索努人令人著迷。

與動物一起生活的人，都很珍惜不言不語的魅力。貓走進房間時，你知道牠不會提起你的任何缺點，跟狗抱怨別人時，也不用擔心牠會轉述給對方聽，這是很令人欣慰的事。

不能說話的人，或者可以說話但不開口的人，比我們其他人占有一大優勢，那就是他們絕不會講出任何蠢話。可能就是因為這樣，我們都深信，一旦他們開口，必定會說出睿智之言。

因此阿索努吸引了不少遊客。阿索努人有著根深柢固的好客傳統，對待訪客慷慨有禮，卻並不因此改變自己的習俗。

有些遊客去那裡，只是為了跟當地人一起沉默，樂於這樣度過幾個星期，不需用連篇廢話來填滿、遮蔽所有的人際互動。這些訪客付費寄宿在民居，很多人都年復一年舊地重遊，與安靜的主人建立了未曾明言的深厚感情。

另有些人走到哪都跟著阿索努嚮導或主人，一小時又一小時跟他們說話，把一生的故事全講給他們聽，萬分欣喜於終於找到願意聆聽的人，他們既不會打岔，也不會發表評論，更不會提起某個表親長的腫瘤比你的還大。這類人通常不諳阿索努語，只會講自己的語言，因此顯然不擔心那個令若干訪客煩惱的問題：既然阿索努人不講話，那他們究竟聽不聽別人講話？

他們當然聽得見也聽得懂用阿索努語講的話，反應迅速，能回應子女的要求，對結結巴巴、發音錯誤的問路遊客以手勢比出方向，聽見「失火了！」的叫喊也會逃到室外。不過問題依然在，他們是否傾聽論述言談和社交對話，或者只是左耳進右耳出，逕自沉默關注著某樣言詞之外的東西？在某些人看來，他們自在和悅的神態只是平靜的表面，底下有更深的關切，隨時保持警醒，就像一個身為人母的女子，在招呼賓客或照顧丈夫的同時，時時刻刻都在注意另一間房裡的嬰孩有沒有哭。

因此，幾乎很難避免把阿索努人的沉默視為一種掩藏。他們長大後就不再講話，看來似乎是因為在聆聽一種我們聽不見的東西，一個被他們的沉默隱藏的祕密。

有些訪客深信，這些沉默的人閉口不語，是為了守住某種知識，而該知識既然這樣竭力隱藏，一定非常有價值——一份性靈的寶藏，一種超越言語的言語，甚至可能是許許多多宗教承諾的終極啟示，那種啟示雖然常常出現，但從來無法完全傳達。神祕主義的先驗知識無法用語言表達。阿索努人迴避語言，可能正是這個原因。

他們保持沉默，可能是因為，就算他們開口說話，所有重要的事物也都已被說過了。

相信阿索努人深具智慧的人，會長年尾隨他們，等待他們偶爾說出的字詞，將之寫下、保存、研究、整理、匯集，從中發現古老奧祕的意義和相應的數字，尋找隱藏的訊息。然而在某些人看來，這些句子儘管罕見，似乎並不因此就物以稀為貴，甚至可說陳腐無奇。

阿索努語沒有文字，言詞的翻譯被視為非常難以確定，乃至於此地都不發翻譯器給遊客，反正大部分遊客也不想要。想學阿索努語的人只能靠聆聽、模仿兒童，而兒童長到六、七歲就已經不願意應別人要求開口說話了。

以下是「依蘇長者的十一言」，由一名來自俄亥俄州的虔誠信徒在四年間收集而成，在這之前他花了六年時間跟依蘇團體的兒童學習阿索努語。這些話之間都隔了許多個月的沉默，第五句和第六句相隔兩年。

一、不在這裡。

二、就快準備好了〔或〕快點準備好。

三、沒想到！

四、永遠不會停止。

五、是的。

六、什麼時候？

七、非常好。

八、也許。

九、快了。

十、好燙！〔或〕非常熱！

十一、不會停止。

這名信徒把這十一句話編成一段連貫的性靈宣言或證言，他認為這就是那位長者在最後四年的生命中一點一滴慢慢表達的意義。「依蘇長者之言的俄亥俄版解讀」如下：

（一）我們所追尋之物，不存在於此生的任何事物或經驗之中。我們活在表象之間，活在「性靈真理」的邊緣。（二）我們必須準備好面對它，一如它已為我們準備好，因為（三）它會在我們最料想不到之時來臨。我們對真理的察覺疾如閃電，但（四）真理本身是永恆不易的。（五）事實上，我們必須懷抱希望，帶著積極肯定的精神（六）持續追問，我們什麼時候，什麼時候才能找到追尋之物？（七）因為真理是我們靈魂的藥，絕對至善的知識，（八，九）可能來得很快，甚至也許此時此刻就要來了。（十）它溫暖明亮一如太陽，但太陽終有凋零的一天，（十一）真理則永不凋零。真理溫暖、明亮、至善，永不止息，永遠不會辜負我們。

根據長者說話時的情境，可以對「十一言」做出另一種詮釋，這些情境也都由那名俄亥俄虔誠信徒忠實記錄，他的耐心只有長者本人可與匹敵：

一、長者翻找一處放衣物飾品的櫃子時的低聲自語。

二、在某個典禮的早上對一群孩童所說。

三、長者看見出門遠遊的妹妹回來，笑著這樣招呼。

四、長者在妹妹葬禮的隔天所說。

五、喪禮後數日，長者擁抱妹夫時所說。

六、對一名阿索努「醫師」問出，後者正用白沙與黑沙為長者繪製「性靈——身體」畫。這類圖畫似乎既有療效也是診斷，但我們對之所知甚微。觀察者表示，醫師在性靈——身體畫中人形的肚臍朝外畫出一道短短曲線，作為回答。然而，這可能只是觀察者的解讀，根本不是答案。

七、對一個用蘆葦編草席的孩童所說。

八、回答一名年幼孫子的問題：「大宴會時你會在嗎，祖母？」

九、回答同一名孩童的另一個問題：「你會不會像姑婆那樣死掉？」

十、對一個朝著火堆（火焰在陽光下變得透明難見）搖搖晃晃走去的幼兒所說。

十一、遺言，長者去世前一天所說。

後六言都是在長者生命最後半年間所說的，彷彿死亡的逐漸接近使長者變得多話。共有五言是對仍處於說話階段的幼童所說，或至少是在有他們在場的情況下。

對阿索努孩童而言，成年人說的話必定令他們印象非常深刻。一如外國語言學家，阿索努嬰孩也是靠著聽年紀較大的孩童交談而學會這種語言。母親和別的成人鼓勵孩子說話的方式則是專注聆聽，並以無言的方式即時表達關愛、給予回應。

阿索努人的生活單位是以大家庭為中心、關係緊密的團體，跟其他團體也有頻繁接觸。他們過著逐水草而居的生活，跟著供給他們毛、皮、奶和肉的大群阿納馬努四處遷徙，依循季節在廣大共享的山脈與丘陵間不停巡迴來去。團體裡的家庭常會離開，四處漫遊拜訪。大宴會和療癒與更新典禮的期間，許多團體會聚在一起數日或數週，相互款待。團體之間看不出任何敵意關係，事實上從來沒有觀察者見過成年阿索努人打鬥或爭執。吵架顯然是不可能的。

兩歲到六歲的孩童一天到晚吱吱喳喳交談、吵架、打架、鬥嘴、爭執，有時還大打出手。六、七歲之後，他們開始較少講話，也較少爭執。到了八、九歲，大部分都已非常難得開口，不大願意用手勢以外的方式回答問題，也已學會安靜地躲開東問西問的遊客和拿著筆記本及錄音器材的語言學家。及至青少年期，他們已經跟成年人一樣沉默，一樣性情平和。

照顧幼童，主要是由八至十二歲的孩子負責。同一個家庭團體中，還不到青少年階段的孩童全都集體行動，而在這樣的團體裡，兩歲到六歲的孩子是嬰孩學習語言的對象。年紀較大的孩子玩捉鬼或躲貓貓時會不成言地興奮大喊，有時也會用一句「住手！」或「不可以！」責罵不聽話的幼兒——一如依蘇長者看見小孩走向看不見的火焰時喃喃說：「燙！」；不過，當然，長者也可能是用那個情境作為寓言，以宣示深刻的性靈意義，一如俄亥俄版的解讀。

隨著人年紀漸長，連歌曲都沒了歌詞。一首幼童玩遊戲時唱的童謠有歌詞：

看我們跌倒
絆倒又跌倒
我們全都絆倒
摔成一團！

五、六歲的孩子把歌詞傳給年紀更小的孩子。年紀較大的孩子一樣玩得高高興興，叫著笑著跟別的小孩扭來扭去摔成一團，但他們不唱出歌詞，只用一個中性的音節唱出曲調。

成年阿索努人常一邊哼唱一邊工作，比方趕牲口或者哄嬰兒睡覺的時候。有些曲調來自傳統，有些則是隨口編，許多主題都取自阿納馬努的鳴聲。這些歌皆無歌詞，全是哼吟或用單音唱出。氏族聚會或婚宴喪禮時，合唱的儀式歌曲旋律豐富，和弦複雜又微妙，不用樂器伴奏，只有人聲。歌者為這些儀式練唱多日。有些研究阿索努音樂的學者相信，他們獨具的性靈智慧或洞見就表達在這些無言的盛大合唱曲中。

我比較同意另一些人的意見，他們跟阿索努人長期一起生活，認為阿索努人的合唱是神聖場合的一個要素，也當然是一種藝術，一種慶典集體行動，一種釋放情感的愉悅方式，但僅此而已。他們視為神聖的事物仍在沉默之中。

小小孩都用關係稱謂叫人，如母親、叔叔、族姊、朋友等等。就算阿索努人有姓名，我們也無從得知。

大約十年前，一個深信阿索努人具備「神祕智慧」的狂熱分子，在隆冬時節從山上擄走一名四歲小女孩。他事先申請了動物收集許可，把她裝在標示阿納馬努的獸籠裡偷運回我們這個次元。他相信阿索努人強逼孩童沉默，便計畫鼓勵小女孩在成長過程中繼續講話，心想如此一來，她成年之後便能說出族人迫她守密的那份與生俱來的智慧。

第一年她還會跟那個綁匪講話，後者儘管做出如此可憎的殘酷行為，一開始對她倒似乎還不錯。那人對阿索努語所知有限，小女孩見到的人又僅限於一小群前來崇拜凝視她、聽她說話的該教派信徒，因此她的字彙和句法無法再擴充，便開始萎縮，人也變得愈來愈沉默。

挫折之餘，狂熱分子決定教她說英文，讓她可以用不同的語言表達那份與生俱來的智慧。我們如今所知只有他的說法，說她「拒絕學習」，他試圖叫她覆述字詞時，她會保持沉默或以幾乎聽不見的聲音說話，而且「不服從」。他不再讓其他人見她。等到該教派終於有人通知相關單位，小女孩已經七歲，被藏在一處地下室長達三年，且最後一年多常遭鞭打，「為了教她說話，」綁匪解釋，「因為她很頑固。」她啞然不語，畏縮害怕，營養不良，飽受凌虐。

有關單位迅速將她送回家人身邊，他們三年來都在為她哀悼，以為她迷路死在冰河上。見到她，他們悲喜交集地哭了。之後小女孩的情況便無人知曉，因為她被送回去後，跨次元事務署不再允許任何外來訪客進入那整個地區，不論是遊客還是科學家。此後再也沒有外人去過阿索努山區。我們可以想見她的族人可能心懷怨恨，但始終沒有人說過什麼。

與亨尼貝人家居共處

見到外表與我不同的人，我會預期他們的內在也與我不同，這種想法算是合理的；但要承認外表與我相近的人可能內在與我不同，這我的大腦就有點反應不過來了。

亨尼貝人的外表跟我非常像。也就是說，他們不但基本身形尺寸跟我這次元的人相仿，有手指腳趾等等我們會在新生兒身上檢查是否無缺的東西，而且也有淺色皮膚，深色頭髮，棕綠相間的近視眼睛，體型偏向矮壯，姿勢非常糟糕。年輕人活潑敏捷，老人多慮健忘。這個民族缺乏冒險心，生性羞怯，行一夫一妻制，工作賣力，稍嫌悲觀，極為居家。

我第一次來到這個次元時，立刻感覺有如回家般自在，而且——也許因為我看來像他們的一分子，甚至某些方面舉止也像他們的一分子——亨尼貝人並沒有顯得想要逃開我。我在青年旅社住了一星期（跨次元事務署已經存在了好幾卡爾帕紀，在許多熱門區域開設青年旅社、旅館、豪華飯店，同時也保護易遭破壞的地區不受外來者入侵），然後搬進一位寡婦的家，她靠出租房間並提供膳食來維持全家生計，房客除了我之外都是本地人。寡婦、她的兩個十幾歲兒女、另三名房客、還有我，全一起吃早餐和晚餐，因此我等於成為本地家庭的一員。他們人都很和善，而且南娜圖拉太太廚藝絕佳。

亨尼貝語是出了名的難學，但我靠著跨次元事務署提供的翻譯器勉強應付得來。不久，我便感覺逐漸認識了這些本地人。他們並非真的不信任人，害羞主要是為了保護自己的隱私。當他們看出我無意侵犯他們的隱私，態度便放鬆下來；而我放鬆的方式則是盡量讓自己派上用場。一旦我說服南娜圖拉太太我是真的有心在廚房幫忙，她便很樂意讓我充當廚師學徒。巴譚納里先生需要聽眾，我便聽他談政治（亨尼貝是社會主義的民主政體，主要由若干委員會管理運作，也許不是很有效率，不過至少沒有禍國殃民）。此外，我也和恬果和安納普這兩個好孩子進行非正式的語言交換。恬果想當生物學家，她弟弟則很有語言天分。翻譯器雖然有用，然而我學到的那點亨尼貝語主要都是教安納普英語的收穫。

和恬果及安納普相處，我鮮少覺得丈二金剛摸不著頭腦，但跟成年人交談則不時有這種感覺，完全不知道他們在講什麼，好像我的理解發生了突兀巨大的中斷。起初我以為這是因為我亨尼貝語說得太差，但原因不只如此。有一些鴻溝存在。突然間亨尼貝人就到了鴻溝的對面，我完全搆不著。我跟另一位房客塔塔娃老太太交談時，這種情形尤其常出現。一開始都很順利，我們閒聊著天氣或新聞或她刺繡的針腳，然後一句話說到一半，那種理解的中斷就突然出現。「我覺得葉針很適合填滿形狀不規則的部分，但要給那整棟建築都繡滿小葉子真是大工程，我還以為我們永遠繡不完了呢！」

「是什麼建築？」我說。

「哈里圖圖維。」她說，安然穿針引線。

我沒聽過圖圖維這個詞。翻譯器說它指的是神廟、神聖的空間，而哈里的意思則查不到。我去圖書室翻查《亨尼貝百科全書》，書上說哈里是艾波半島居民上個千禧年的某種習俗；此外，有種民俗舞蹈叫哈里哈里。

塔塔娃太太站在樓梯中間，一副出神的表情。我跟她打招呼。「想像一下它們的數目有多少！」她說。

「什麼數目？」我謹慎問道。

「那些腳啊。」她微笑著說。「一隻接一隻，一隻接一隻。真不得了的舞蹈！好長的舞蹈！」

這種事發生過好幾次之後，我用迂迴婉轉的方式問南娜圖拉太太，塔塔娃太太的記性是不是有點問題。南娜圖拉太太一邊切著圖囊普阿這道菜要用的青菜，一邊笑著說：「哦，她並不是都在那裡。一點也不！」[1]

我按慣例回應──「真遺憾。」

房東太太以略顯不解的眼神瞥我一眼，不過逕自想她的事，仍帶著微笑。「她說我們結婚了！我真喜歡跟她講話。家裡有這麼多阿巴真是光榮，你說是不是？我覺得自己好幸運！」

我知道阿巴：那是一種常見的常綠灌木，結的漿果味道辛烈，有點像杜松子，某些菜色會用到。後院有一叢阿巴灌木，壁櫥裡有一小罐阿巴漿果乾，但我不認為這房子裡充滿阿巴。

我一直在想塔塔娃太太說的「哈里神廟」。我在亨尼貝從沒見過神廟，只有客廳裡有個小神龕，南娜圖拉太太總是不忘插幾朵花、幾枝草，或者——現在我想起來了——一截阿巴的枝葉。我問她神龕有沒有名字，她說那就是圖圖維。

我鼓起勇氣，問塔塔娃太太：「哈里圖圖維在哪裡？」

她好一會兒沒回答。「如今挺遠的。」最後她終於說，帶著一副遙遠的神情。她視線回到我身上，眼睛稍亮了起來。「你去過嗎？」

「沒有。」

「這實在很難確定。」她說。「你知道嗎，我再也不說我沒去過那裡了，因為常常發現我其實就在那裡——或者該說我們都在那裡，不是嗎？那裡很美。哦，那裡好遠哦！結果現在它其實一直就在這裡！」她看著我，神情是那麼歡喜欣慰，我不禁也微笑起來，感到快樂，儘管絲毫不知道她在說什麼。

事實上，我終於開始注意到，「我」家裡的這些人，以及亨尼貝人整體而言，其實

1 原文為「not all there」，通常指的是某人頭腦不大清醒，所以主角接下來會有表示遺憾的反應；但從下文看來，亨尼貝人的意思就是「不完全在那裡」。

完全不如我原先認定的那麼像我。這是性格問題，脾氣問題。他們性格溫和，脾氣好，不會亂發無名火。這不是美德，也不是倫理模範，他們這些人就是個性好。跟我非常不一樣。

巴譚納里先生一談起政治就津津有味、口沫橫飛，對各種問題充滿興趣，在我看來卻好像少了什麼，少了某種我習慣認為是政治言論一部分的要素。他不會像某些心智軟弱的人那樣一下說東一下說西，改變自己的觀點去迎合對方，但也似乎從不捍衛自己的任何特定觀點。一切論點都保持開放。要是他上廣播接受叩應，或者參加專家名嘴齊聚一堂的談話節目，一定會一敗塗地。他缺乏道德勇氣，似乎並不堅信任何事。他到底有沒有自己的意見？

我常跟他一起去街角的酒鋪，聽他跟朋友討論政策議題，那些人當中有好幾個在政府委員會工作。他們每個人都聆聽、思考、發言，氣氛通常活潑又熱烈，大家為了陳述自己的重點而打斷彼此的話，討論得慷慨激昂，但從來不會生氣。從來沒有人跟任何人唱反調，甚至連對某句話報以沉默這種微妙的反駁方式都沒有。然而他們並不像是刻意避免歧異，或者想讓眾人意見都歸於一致正軌，或者為達成共識而努力。最令人不解的是，這些政治討論會突然化為笑聲——兀自發笑，捧腹大笑，有時候整群人都笑到上氣不接下氣、猛擦眼淚——彷彿討論如何治國跟閒坐說笑話是同一回事。我從來聽不出笑點何在。

聽廣播時，我從沒聽過任何委員會成員表示某件事非做不可。然而亨尼貝政府確實有在做事。這國家似乎運作得相當平順，稅有徵，垃圾有收，馬路上的坑洞會填平，沒人餓肚子。選舉相當頻繁，廣播總是在宣布當地要投票決定某個議題，還提供相關參考資訊。南娜圖拉和巴譚納里先生總是去投票，兩個孩子也常投。當我得知有些人可以投的票數比其他人多時，我大為震驚。

安納普告訴我塔塔娃太太可以投十八票，儘管她通常一張都懶得去投，而且她要是肯費神去登記，很可能可以投三十到四十票。

「但她的票為什麼比別人多？」

「唔，她老啦，你知道。」男孩說。他告訴我資訊或糾正我的誤解時，態度謙遜得感人。這裡的人都這樣，好像只是在提醒我一件我本來就知道、一時忘記的事而已。他試著解釋：「就像，你知道，我只有一票。」

「所以等你長大了……就理應變得更明智？」

他的表情看起來不大確定。

「或者，給老人更多票是一種敬老的表示……？」

「唔，你本來就已經有它們啦，你知道。」安納普說。「它們會回到你這裡，你知道？或者，我媽說，其實是你回到它們那裡。如果你可以把它們記在腦海的話。你曾有過的那其他選票。」我一定是一臉茫然，活像一堵磚牆。「你知道，當你曾再度活著的時候。」他不是說以前曾經活著，而是說再度活著。

「你是說，人們會記得其他——他們的其他——人生。」我說，冀望他確認。

安納普思索一番。「我猜是吧。」他沒把握地說。「你們是這樣做的嗎？」

「不是。」我說。「我是說，我從沒這麼做過。我不明白。」

我把英文的「transmigration」[2]放到翻譯器上，出來的亨尼貝譯文說的是雨季飛往北部、旱季飛往南部的鳥。我改試「reincarnation」[3]，結果變成消化過程。我搬出壓軸的重頭字：「metempsychosis」[4]，結果翻譯器告訴我亨尼貝語沒有相應的詞可表示這種許多其他次元的民族都有的「信仰」，認為死亡時「靈魂」會移入不同的「身體」。翻譯器轉換出來的當然是亨尼貝語，可是以上我用引號框起來的詞全是英文原文。

我進行這番搜尋時，安納普走了過來。亨尼貝人不用大型機具，挖掘和建築都用手持工具，不過他們很久以前就向其他次元看齊，引進了電子科技，用來儲存資料、通訊、投票等等。安納普對翻譯器愛不釋手，把它看成一種玩具、一種遊戲。這時他笑了。「『信仰』——是指那樣想嗎？」他問。我點頭。「那『靈魂』是什麼？」他問。

我從身體開始說起，這樣總是簡單得多，可以用手勢幫忙。「這個，這裡，我——手臂雙腿頭和肚子——就是身體。在你們的語言裡我想是叫做阿託吧？」

這次輪到他點頭了。

「靈魂就在身體裡面。」

2 此字有移居、遷徙之意，但亦可指投胎轉世。
3 此字指輪迴，並無關於消化的含意。
4 指靈魂轉生。

「就像內臟一樣？」

我改試另一種方法解釋：「人死了，我們就會說他們的靈魂不在了。」

「不在了？」他覆述一遍。「到哪去了？」

「身體，阿託，留在這裡——靈魂則離開。有些人說是進入死後的世界。」

他呆看著我，大惑不解。我們花了將近一小時討論靈魂與身體的問題，試著在兩種語言裡找到某些共通概念，結果卻只是愈來愈困惑。男孩完全無法區分物質與精神之間有什麼差別。阿託就是你所是的一切，你的一切都是阿託，怎麼可能有任何其他東西？沒有位置容納任何其他東西啊。「怎麼可能還有昂努阿之外的東西？」最後他終於問我。

「所以你們每個人——每一個個人——就是宇宙？」我問，問之前先查出了昂努阿表示宇宙、所有、一切、所有的時間、永恆、整體、全部，此外還表示一頓晚餐的所有菜色，滿滿的瓶罐裡的內容物，以及初生的任何物種的幼兒。

「怎麼可能不是呢？當然，滑掉的例外。」

這時我得去幫他母親做晚飯了，也樂得告退。我向來不擅長形上學。有趣的是，這些人就我所知並無宗教體系，卻自有一套連十五歲男孩都一清二楚的形上學。不知他是什麼時候、以什麼方式學到，想來是學校教的吧。

我問他怎麼學到阿託就是昂弩阿之類的事，他卻表示自己一無所知。「我什麼都不懂。」他說。「我怎麼可能有什麼阿巴？請你去跟知道自己是誰的人談，比方塔塔娃太太！」

於是我就去了，問得直接了當。她坐在俯視運河的那扇窗旁，就著下午的天光用連環針腳在黃色絲料上繡花。我在一旁坐下，片刻後說：「塔塔娃太太，你記得你以前活過的那些人生嗎？」

「一個人怎麼可能活好幾個人生？」她問。

「唔，那你為什麼可以投十八票？」

她微笑，那笑容格外甜美安詳。「哦，唔，你知道，有很多其他人在活這個人生。他們也在這裡。每個人都可以投票，不是嗎？如果他們想的話。我是懶透了，不喜歡費神在那一大堆資料上，所以我大多不投票。你呢？」

「我不是——」我說到這裡停下來，在翻譯器上輸入「公民」這個詞，結果亨尼貝語的「公民」就是「人」。

「我不大確定我是誰。」我謹慎說道。

「很多人永遠都不確定。」她說，此時態度相當認真，放下刺繡抬起頭來，那雙滿是皺紋、戴著眼鏡的眼睛是棕綠色。亨尼貝人鮮少直視別人，而她現在就凝視著我，眼神和善、寧謐、遙遠而短暫。我覺得她並沒有很清楚看見我。「不過這沒關係，你知道。」她說。「如果你一輩子有一刻知道自己是什麼，那麼那一刻就是你的人生，就是昂弩阿，就是一切。在一段短的人生中我看過我母親的臉，有如太陽，所以現在我在這裡。在一段長的人生中我去過那裡、那裡和那裡，可是我在花園裡挖土，挖起一株野草的根，所以現在我是昂弩阿。你知道，人老了之後就一直都在這裡而非那裡，一切都在這裡。一切都在這裡。」她重複一次，發出一聲安適的輕笑，然後繼續刺繡。

後來我跟別人談過亨尼貝人。有人深信亨尼貝人確實真正體驗到輪迴，隨著年紀增長而記得愈來愈多以往那些人生的事，直到死亡，然後重新加入無數過往自己的行列，再度出生，把這一連串非實質的舊人生帶進新的人生。

但我認為這並不吻合他們視靈魂與身體為一體的觀念——認為一切都是或不是實質

或非實質——也不符合塔塔娃太太說的「有很多其他人在活這個人生」。她不是說「其他人生」，也不是說「在其他時候活這個人生」，而是說「他們也在這裡」。

我依然不知道阿巴是什麼，除了那種會結辛烈漿果的植物之外。

關於亨尼貝人，我真正能說的只有：跟他們共度幾個月，使我對身分認同的預期和時間觀念變得非常混亂；自從造訪過那裡，我似乎便無法對任何事物抱持非常強烈的意見。這是既非在這裡、也非在那裡的。

維克希的怒火

造訪維克希次元的人不多，因為怕受到當地居民的傷害。事實上，維克希人對其他次元的訪客堅決抱持視而不見的態度，認為他們是已死仇敵的鬼魂，無力作祟卻渾身惡臭，只要不予理會，他們就會離開。大致而言，這一點確實沒錯。

然而，有些研究各種行為的學者留了下來，對這些不情不願、態度冷淡的主人多了很多了解。以下描述來自一位希望匿名的友人。

維克希人是個憤怒的種族，社交生活主要充滿吵架、互相指責、爭執、打鬥、大發雷霆、鬧彆扭、鬥毆、世仇、以及衝動的報復行動。

維克希人的體型和力氣沒有性別差異，且除了天生的力氣之外，男女都隨身攜帶武器。他們的交配經常非常暴力，會造成一方或雙方受傷，有時甚至死亡。

他們大部分時間都是四肢並用地移動，儘管他們能夠也確實會用強壯有力、長著蹄子的短短後腿直立行走，活力充沛且不失優雅。維克希人前肢關節構造特殊，因此要當腿或當手臂都很方便，手則有窄長的前蹄包覆保護，走動時手在蹄裡保持握拳；從蹄裡伸出來的話，四根可以交握的手指就像人手一樣靈活優雅。

維克希人頭上和背上的毛髮又粗又長，全身上下則長滿又細又濃的毛，只有掌心和生殖器例外。他們的膚色是黃褐或棕，髮色則包括黑、棕、黃褐、鏽紅、或者以上各種顏色深淺不同的混合，年紀大了也會有白髮，老維克希人可能一身純白。不過老維克希人不多。

因為不需衣物禦寒或抗暑，他們通常穿戴皮帶、轡繩、緞帶，或作為裝飾，或提供口袋與套子以盛裝工具和武器。

由於脾氣暴躁，維克希人很難一起生活，但他們需要社交刺激和衝突，因此又不可能獨來獨往。常見的解決之道是以圍牆圈起一個村落，村裡有五、六個大型圓頂泥屋和十五或二十間小泥屋，屋子有一部分建在地下。這些屋子叫做歐麥德拉。

大型歐麥德拉有許多房間，裡面住著幾個家庭，通常是一群有親戚關係的女人及她們的小孩，或者有性伴侶的女人和她們的小孩。男人——親戚、性伴侶、朋友——只有受到邀請才可以住下，可以自由離開，但若被女人下逐客令則非走不可。如果不走，便會遭到屋裡所有女人和其餘大多數男人凶狠攻擊，遍體鱗傷地被趕走，要是試圖再回來還會被人丟石頭。

小型歐麥德拉只有一間房，住著稱為「獨身者」的單身成年人，包括被趕出大歐麥德拉的男人和選擇獨居的女人。獨身者可能常去一個或好幾個家庭，跟別人一起下田工作，可是獨自一人睡覺，多半也獨自一人用餐。一名早期訪客對維克希村莊的描述是：「五間大房子住滿互相咒罵的女人，十四間小房子住滿鬧彆扭的男人。」

城市也維持這種模式。基本上維克希的城市就是很多村落聚集在一起對抗其他村落團體，建在河心小島，或易守難攻的臺地，或由壕溝和土木工事包圍保護，城內有許多涇渭分明的社區，其性質就像鄉間的村莊。不管在村莊、城市、或城市的社區，積怨、對抗和仇恨都是常態，世仇和襲擊也無一日稍歇。大部分男女都死於外傷。儘管捲入數個村莊或兩個城市的大型戰爭似乎從不曾發生，不過村莊或社區的和平共存也只能靠暫時且輕蔑的相互迴避，而且總是為時短暫。

維克希人並不重視權力或控制，打鬥也不是想占據統治地位。他們打鬥，是因為氣憤，或為了報復。

這一點或許能夠解釋，何以儘管維克希人的智力和科技能力大可輕易發展出遠程武器，打鬥卻是用刀子、匕首、棍棒，或赤手空拳——應該說赤蹄空拳。事實上，他們的打鬥受到許多限制，來自不曾明言的傳統或極具權威的習俗。比方說，不管挑釁的事端為何，他們出擊報仇時絕對不會毀壞作物或果園。

我造訪過一個叫做阿卡格拉克的鄉下村莊，該村與附近三個村子夙有世仇，所有成年男子都死於打鬥，但在那些戰爭中，勝利者從不曾損傷或搶奪阿卡格拉克肥沃的河床土地。

我親眼目睹村裡最後一個男人的喪禮。他是個「白者」——也就是老人，先前獨自出村，想為被殺的姪子報仇，卻遭附近提卡村的一群年輕人亂石砸死。丟石頭殺人是違反戰爭規範的，阿卡格拉克村民因而憤怒之至，儘管提卡村已極為嚴厲地懲處了那些違規的年輕人，造成其中一人死亡、另一人終身殘廢，也不足以平息他們的憤慨。阿卡格拉克僅存的六名男性都還未成年，要十五歲才可以出征作戰，那是維克希所有男人和部分女人成為戰士的年紀。這些男孩跟未滿十五歲的女孩一起下田賣力工作，努力挑起死去男人的擔子。如今阿卡格拉克的所有戰士都是沒有子女的女人，或者子女已經成年的女人，她們大部分時間都在突襲提卡村和另兩個村子。

還在養育小孩的女人不是戰士，打鬥只為自衛，除非有小孩被殺，那麼孩子的母親便會率領其餘女人出擊報復。維克希人通常不侵入彼此的村莊，也不會刻意攻擊或殺害孩童，不過激戰中當然難免有孩童遇害。那些非戰士的女人，復仇的母親，會公然走進殺了小孩的村子。她們不會殺小孩，但會殺死任何反抗的男人或女人。她們的道德立場是如此不可侵犯，通常都不會受到抵抗，村民就坐在泥巴地上等她們懲罰，任這些復仇者又踢又打、惡言辱罵、吐口水。她們通常會要求一份血的賠禮，也就是帶走一個小孩來取代被殺的孩子。她們不會綁架或強迫小孩跟她們走，必須小孩自己同意或自願。奇妙的是，通常也真的就有小孩願意這麼做。

不滿十五歲的孩童也常蹺家，跑去鄰近的——也就是敵對的——村落。村裡一定會有家庭接納他們，蹺家孩童可以在那裡待到對自己村人氣消為止，甚至就此定居。我在阿卡格拉克就問過一個小孩為什麼離開自己的村子，那個年約九歲的女孩說：「因為我生媽媽的氣。」

城市街道上幾乎無時不有打鬥，孩童常被意外波及受害。死亡孩童的親人可以報仇，而跟村落不一樣的是他們本身也可能遭到抵抗或攻擊，因為社會規範在城市已經式微，甚至蕩然無存。維克希的三大城極為危險，以致於街上鮮少看到超過三十歲的人。然而城市人口永遠不缺替補，總是有蹺家的孩童從村莊跑來。

維克希孩童從嬰兒時期就受到相當粗魯的對待。毫無疑問，維克希父母熱愛自己的孩子，而且對所有孩童都懷有強烈責任感——所以蹺家的小孩總是會被接納，得到跟村裡小孩一樣好（或一樣壞）的待遇。嬰兒無時無刻不受到父母和親戚的照顧與關注，但那是一種暴烈而不耐煩的照顧，絕不溫柔。巴掌、搖晃、咒罵、喊叫和威脅是每個小孩日常生活的一部分。不過，對十五歲以下的孩童，成年人的確會試著控制自己暴烈的脾氣。暴力毆打小孩的人會被其他成年人毆打，而傷害小孩的獨身者則會被名副其實地「踢」出村外。

小孩以戒慎的態度面對所有成人，跟同儕相處則比較不成問題。他們吵打不休的行為似乎大部分出自模仿。維克希嬰孩不大哭鬧，神情嚴肅，注意觀察四周。沒有大人在的時候，維克希小孩可以相當和平地一起工作、一起玩耍。逐漸接近十五歲的戰士年紀時，這種情況就有所改變，不管是出於生理變化還是文化預期，總之他們開始挑釁打鬥，受到任何冒犯都惡狠狠地報復，而且老是嘔氣鬧彆扭，不時還爆發抓狂似的暴怒。

造訪滿是怒氣沖天居民的大型歐麥德拉，你會覺得維克希成年人好像成天只會叫喊、斥責、咒罵和爭執，但他們生活的真正法則在於相互迴避。大部分成年人——即使同屬一個家庭亦然，獨身者就更不用說——大部分時間都以好戰的言行維持距離和獨立。他們之所以可以輕易忽視我們這些「鬼魂」，這是原因之一——他們大部分時間對彼此也都視而不見。若對方沒有明白邀請，維克希人接近另一個維克希人到伸臂可及的範圍是不智之舉。靠近獨居者的房子是很危險的事，不管你是那人的姊妹還是陌生人都一樣。如果非這麼做不可，他們會站在一段距離外，喊出各種表示警告與求和的儀式性句子。就算這樣，獨居者也可能不予理會，或者一臉怒容地現身，手持短劍趕走來人。女性獨居者甚至比男性脾氣更不好、更危險，這點已是惡名昭彰。

儘管維克希人對彼此很不耐煩，他們確實可以一起工作。他們極具效率的農業大部分是集體勞動，依照有效而不變的習俗進行。對於相關習俗的細節，他們總是大吵爭執不斷，但工作還是繼續做下去。

他們種植的穀物和塊莖類作物富含蛋白質和碳水化合物。他們不吃肉，唯一的例外是幾種蠐螬，那是昆蟲的幼蟲，他們刻意讓牠們寄居在作物上，當作調味料。他們有一種濃烈的啤酒，是用某種種子作物釀造而成。

除了父母管束或教導小孩（通常受到後者鬧彆扭或大吵大鬧的抵抗），無人聲稱自己有高於其他人的權力。村裡沒有村長，田裡或城市的工廠裡也沒有工頭。他們的社會沒有階級制度。

他們不累積財富，避免經濟霸權一如避免社會霸權。若任何人得到比同一群體裡其他人多出許多的財物，一定立刻就會分給大家，或者用在群體的需要上，比方修理房舍，購買工具或武器。男人常送武器給仇恨的對象，表示侮辱或挑釁。女人負責管理家庭、孩童和病人，因此有權囤積食物以備不時之需；不過若一個家庭有多餘的收成，他們會盡快與人分享，把穀物送出去，為全村舉辦盛宴，宴會上眾人猛喝啤酒。我本以為酒後的維克希人會大開殺戒，因此第一次見識全村大宴時我相當緊張；但啤酒似乎能平撫維克希人的憤怒，他們不但不爭執，反而可能整晚多愁善感地回憶過往的死者和爭執，一起哭泣，互相展示自己的傷疤。

維克希人堅信一神論，視神明為一股摧毀之力，沒有任何生靈可以長久與之對抗。對他們而言，人生在世是對律法的叛逆，是對無可避免的劫毀的短暫反叛。星辰也只是殲滅之火所散射的火花。各種維克希儀式及咒語以不同的名字稱呼神，包括「結束者」、「無邊毀滅者」、「無可避免之蹄」、「等待之虛空」、「砸腦之岩」。

神體是黑色岩石，有些維持天然形狀，有些雕鑿打磨成圓球或圓盤。私人或集體的膜拜儀式主要是在這些石塊前生起一堆火，吟誦或吶喊儀式詞句，同時用後蹄猛踢木鼓，發出吵雜巨響。維克希人沒有僧侶或神職人員，不過成年人都會確保孩童學會這些儀式。

我出席了阿卡格拉克那名白者的喪禮。他的遺體赤裸放在木板上，胸口放著他的歐麥德拉供奉的神石，雙手掌心也各放一枚黑色小石，捲起收回前蹄裡。四名近親以直立行走的方式將遺體抬到火葬場，其餘村人則四蹄著地跟隨在後。火葬場已堆起大量圓木及柴枝，遺體安放其上，旁邊另有一小堆用枝幹節瘤生起的火，已經悶燒了約一小時。人們徒手撿起燃燒的節瘤和餘燼丟向火葬柴堆，吶喊吼叫，看來充滿無法控制的純粹憤怒。死者的孫女一再大嚷：「你怎能這樣對我？你怎能就這樣死了？你根本不愛我！我永遠不原諒你！」其餘親戚和晚輩也痛罵死者不在乎他們愛他，罵他丟下他們、在他們需要他的時候跑掉、活了這麼久但終究還是死去。這些控訴和斥責顯然多是出自儀式與傳統，可是人們的表現確實無疑充滿氣憤。他們哭泣，扯下身上的皮帶和飾品咒罵著丟進火裡，揪扯頭上和手臂上的毛髮，把泥土和黑灰抹在臉上身上。只要火勢稍減，他們就會跑去取來更多燃料，憤怒地堆上去。如果有小孩哭泣，大人會不耐煩地塞給他們一把乾果，說：「閉嘴！把你的牙齒吃下去！祖父才沒有在聽！祖父丟下你們了！你們現在變成沒價值的孤兒了！」

夜晚將至，人們終於讓火堆逐漸熄滅。遺體已燒得一乾二淨，就算灰燼餘火中仍有骨頭碎片，也不埋葬，但那塊神聖黑石則取出放回神龕。筋疲力盡的眾人拖著腳步回到村裡，鎖上大門準備過夜，不吃飯也不洗澡便上床睡覺，帶著燒傷的雙手和疼痛的心。全村人都以那老人為傲，我心中毫無疑問，因為維克希人要活到變成白者真的很不簡單，而且有些人是真的很愛他；但他們的悲嘆是控訴，他們的哀傷是憤怒。

安沙拉克的四季

獻給麥肯席橋的魚鷹（Ospreys），
牠們的生活方式是本篇的靈感來源。

我跟一名安沙拉克老人長談過。我們在他的跨次元旅社結識，那旅社遠在西大洋的一座大島上，遠離安沙拉克的遷徙路線。如今這是安沙拉克唯一容許其他次元訪客落腳的地方。

克艮梅格住在那裡，以本地人的身分擔任主人和嚮導，好讓訪客感受到一絲地方色彩，因為除此之外，這地方跟其餘上百個次元的熱帶島嶼沒什麼不同——陽光普照，微風陣陣，慵懶，美麗，樹木長著羽毛般的枝葉，金色沙灘，滾著白色毛邊的藍綠色大浪撲打在潟湖外的暗礁上。訪客來此大多為了駕船、釣魚、徜徉海灘、暢飲發酵的「萸」，此外對這個次元或對他們所遇到的唯一本地人毫無興趣。起初他們會看他，當然也會拍照，因為他的模樣令人印象深刻：身高約七呎，瘦削、強壯、結實，因上了年紀而略顯彎腰駝背，頭形窄，一雙又大又圓、黑金分明的眼睛，還有一隻鳥喙。鳥喙有種全有或全無的特性，使得長著喙的臉無法像有鼻有口的臉那麼表情豐富，但克艮梅格的眼睛和眉毛傳情達意清楚無礙。他雖然老，卻依然熱情澎湃。

置身在缺乏興趣的遊客之間，他有點無聊、有點寂寞，當他發現我樂意聽他講話（當然不是頭一個或最後一個，但當下是僅有的一個），便很高興地告訴我關於他族人的事。在天氣溫和的長長夜晚，我們對坐啜飲大杯冰萸，泛紫的黑暗夜色遍染星光，粼粼海潮中滿是發亮的生物，一群群螢火蟲有如浮雲，在羽毛樹的羊齒葉間陣陣明滅。

他說，打從開天闢地以來，安沙拉克人一直遵循一種「道」，稱之為馬丹。我族人之道，做事之道，事物本然之道，該走的道路，藏在向來這個詞裡的道：跟我們的語言一樣，他用的這個詞也都具備這些意義。「然後我們偏離了道。」他說。「短暫偏離了一陣子。現在我們重回我們向來遵循的方式。」

人們總是告訴你「我們向來這樣做」，然後你會發現他們的「向來」指的是一兩代，或者一兩個世紀，最多一兩千年。跟身體的、種族的方式和習慣比較起來，文化的方式和習慣只是曇花一現。很少真有什麼事是我們這個次元的人類向來都在做的，除了覓食覓水、睡覺、唱歌、說話、繁衍、養育子女，然後很可能聚集在一起到某種程度。事實上，我們非做不可的行為之少，正可視為我們的人類本質。我們是多麼具有彈性，可以找到新的事情去做，新的道路去走。我們是多麼巧妙地、富有創意地、焦急絕望地尋找正確的道路，真正的道路，我們相信自己早已在錯綜複雜的新奇和機會和選擇中迷失了那個「道」……

安沙拉克人要做的選擇跟我們有些不同，也許比較有限，但仍不乏其趣。

他們那裡的太陽比我們的大，距離也較遠，因此儘管那世界的自轉速度和傾斜角度跟地球很接近，一年卻約等於我們的二十四年，而四季也因此又長又緩，一季等於我們的六年。

不論在哪一個次元、哪一種氣候，只要有春天，就一定是繁衍的季節，新生命誕生的季節；而對壽命只有幾季或幾年的生物來說，初春也是交配的季節，新生命開始的季節。安沙拉克人也是如此。他們的壽命是當地時間的三年。

他們居住在兩大洲，一個洲在赤道及赤道略北一帶，另一個洲則朝北極延伸；兩者之間有一長條崇山峻嶺的陸地連接，就像美洲，不過整體規模比較小。此外就全是海洋，加上若干群島或四散的大島，但都無人居住，只有跨次元事務署徵用的這個島例外。

克艮梅格說，一年開始之際，在平原的城市和南方的沙漠裡，「年僧」會發布消息，於是群眾大量聚集，等著看太陽爬到某座塔頂、或者破曉時一道陽光如箭射中某個標靶：那就是春分到來的一刻。接下來，天氣會愈來愈熱，曬乾南方的牧地和長著野生穀物的大草原；在漫長的旱季中，河流的水位會降低，城市裡的水井會乾涸。春天跟著太陽往北走，融化那些遙遠山丘上的雪，為山谷帶來亮眼的綠意……而安沙拉克人也會逐太陽而居。

「唔，我走啦。」城市街道上，老友對老友說。「回頭見！」將近一歲的年輕人——用我們的算法，他們是二十一、二歲——會漸漸離開自己的家和朋友群，離開大學和運動俱樂部，去到城裡如同迷宮的公寓大樓、集體住所和旅店，尋找去年夏天跟他們分道揚鑣的雙親之一。他們會一副沒事的樣子晃進去，說道：「哈囉，爸。」或「哈囉，媽。看來大家都要回北方了。」那位父親或母親在這年輕人的半輩子之前走過那條漫漫長路，但會小心地不主動表示要帶路，以免孩子覺得受到侮辱，只說：「是啊，我也一直在盤算。要是你跟我們一起去就太好了。你妹妹正在房裡打包呢。」

就這樣，他們獨自一人或三三兩兩地丟下城市。如此大批離開的過程很長，沒有任何次序。有些人春分過後不久便離開，其他人則說：「他們還真急呀。」或者：「仙娜趕著第一個去，是想搶到以前住的那塊地。」有些人一直逗留到城裡幾乎全空，還是無法下定決心離開那些炎熱沉默的街道，那些悲哀、沒有樹蔭、空空蕩蕩的廣場，之前長達半年的時間這裡曾充滿人群和音樂。不過他們最終還是出發上路，前往北方，而且一旦啟程便全速前進。

大部分人帶的東西都很少，不超過一個背包的容量，或者一頭盧巴能背馱的分量（從克艮梅格的描述聽來，盧巴有點像長羽毛的小驢）。有些在旱季發了財的商人則帶上一整隊馱著貨物財寶的盧巴。儘管大多數人都是獨自成行或與少數家人結伴，但在人潮較多的路上，彼此前後的距離相當近。如果到了較難走的地方，年紀較大、身體較弱的人需要人幫忙採集、背扛食物的時候，眾人就會暫時組成較大的團體。

往北的路上沒有孩童。

克艮梅格不知道安沙拉克有多少人，猜想大約幾十萬，也許一百萬。所有人都加入遷徙的行列。

來到崇山峻嶺的「中陸」，他們不會成群結隊，反而四散走上幾百條不同的小徑，有些人多，有些人少，有些標示清晰，有些模糊得只有以前走過的人才知道該在哪裡轉彎。「這時候有三歲的人同行就很有價值了。」克艮梅格說。「因為他們已經走過兩次。」他們行囊簡單，快速前進，一路靠採集大自然提供的食物維生，除非來到乾旱貧瘠的高山上，才（照他的說法是）「減輕背包的重量」。在這些高山隘口和峽谷，商人車隊裡吃苦耐勞的盧巴開始踉蹌絆跌，快要筋疲力盡、飢寒交迫而死。如果商人還想逼牠們繼續前進，路上其他人就會卸下牠們背上的東西放走牠們，也同時放走自己帶的馱獸。這些小動物一步一拐、跌跌撞撞地往南走，回到山下的沙漠。牠們原先馱的貨物最後散落在路邊任人撿拾，但沒人會拿任何東西，除非必要，才會取用一點食物。他們不想多背東西，免得拖慢速度。春天，清涼甜美的春天就要來了，來到山谷的草地，來到森林，來到湖泊，來到北方明亮的河川，而他們想及時趕到。

我邊聽克艮梅格講述邊想像，若能從空中俯瞰這場遷徙，看見這麼多人全沿著千百條步道小徑前進，會像是看著一兩個世紀前我們美國西北岸的春天，當時每一條河流，從寬達一哩的哥倫比亞河到最小的小溪，都被逆流而上的鮭魚染成紅色。

抵達目的地之後，鮭魚產卵，死去。有些安沙拉克人也是落葉歸根、回去等死的：那些第三次向北遷徙的人，那些三歲的人——照我們的算法是七十歲以上了。有些人撐不到終點。他們因飢餓和勞累而體力透支，逐漸落後。若看見老人坐在路旁，人們或許會跟他或她說說話，幫忙搭個小小的遮蔽處，留下一點食物，但不會勸老人跟他們一起走。若老人很虛弱或病得很厲害，他們可能會待個一兩晚，直到也許有另一個遷徙者來接班。若在路邊見到死去的老人，他們會加以埋葬，遺體呈躺姿，雙腳朝北：那是回家的方向。

往北的路旁有好多好多墳墓，克艮梅格說。從來沒有人遷徙過第四次。

較年輕的、正在進行第一或第二次遷徙的人，繼續匆匆前進，在高山隘口擠聚成一團；來到山脈以北，中陸逐漸變寬，他們隨之更加四散，沿著無數步道穿過大草原。等到終於抵達北方，原本的滾滾人流已經分散成數以千計的小河，在北方蜿蜒向西、向東。

來到一處草地已綠、樹梢已長出新葉的宜人山丘，其中一個小團體停下腳步。「唔，我們到了。」母親說。「就是這裡。」她眼中含著淚，發出安沙拉克人特有的喀喀作響的柔和笑聲。「舒古，你記不記得這地方？」

做女兒的離開這裡時還不到半歲（等於我們的十一歲左右），此刻驚詫又不敢置信地環顧四周，笑了，叫道：「可是以前明明**比較大**呀！」

然後，舒古的眼神也許會越過她出生地這半似熟悉的草地，望向視野盡頭那家最近的鄰居的屋頂，心想不知津米密和他父親是否已經抵達、住下；他們父子倆在路上跟她們巧遇，一起露宿了幾晚，然後便加快速度逕自前行。如果他們已經到了，津米密會不會過來打個招呼呢？

這些人在太陽下的城市裡住得非常緊密，過著非常社會化、雜交不斷的生活，同住一房，同睡一床，一同工作和玩耍，所有事情都跟團體和群眾一起做，現在則全部四散分開，家人離開家人，朋友離開朋友，每個人都各有一間單獨小屋，各自散居在這片草原，或北邊一點的起伏山丘，或更北邊的湖區。但儘管他們像打破的沙漏裡的沙散落各地，彼此之間的牽絆卻並未打破，只是有所改變。現在他們不再聚成團體和群眾，不再以幾十人、幾百人、幾千人為單位，而是兩兩成對。

「唔，你來啦！」舒古的母親說，看著舒古的父親打開門，從草地邊緣另一棟小屋走出來。「你應該只比我們早到幾天吧。」

「歡迎回家。」他嚴肅地說，眼神閃亮。兩個大人手拉著手，稍稍抬起長著鳥喙的窄頭，這是一種特殊的行禮方式，一種親密卻也正式的問候。舒古突然想起小時候看過他們這麼做，那是好久以前了，當時他們住在這裡。住在她的出生地。

「津米密昨天還問起你呢。」父親對舒古說，發出輕柔的喀喀笑聲。

春天來了，春天降臨在他們身上。他們將進行春之典禮。

津米密從草地那一頭前來拜訪，跟舒古聊天，在草地上、溪流旁散步。不久，一天或一兩個星期後，他問她是否願意共舞。「我不知道耶。」她說，但看見他站得筆直挺拔，頭略略上揚，擺出舞步開始的姿勢，她便也站起來。她雖站直了身，起初卻低著頭，雙臂垂在身側；不過之後她便想高高抬起頭，大大張開雙臂……想跳舞，想與他共舞……

而舒古的父母和津米密的父母，又在菜園或舊日果園裡做什麼呢？當然是同樣的事。他們面對面，抬起他們驕傲而窄小的頭，然後男人雙手高舉過頭，跳躍一大步，深深鞠個躬……然後女人也鞠躬……就這樣，求愛之舞開始了。此時，整個北方大洲上，人們都在跳舞。

再度求愛、重締婚約的年長夫婦不會有人干擾，但津米密則最好提高警覺。一天晚上，有個舒古從沒見過的年輕男子越過草地走來。他出生在好幾哩之外，聽說舒古很美，慕名而來。他告訴她，他正在蓋一棟新屋，在一處樹叢間，那地方很漂亮，離她家比較近。他想請她給點蓋房子的意見，也很希望有機會能與她共舞。也許就在今晚，在他離開之前，只跳一下下就好，一兩步就好？

他的舞跳得非常好。在初春夜晚的草地上與他共舞，舒古感覺自己像是乘風而飛，她閉上眼，雙手從身側伸出，彷彿就乘著那陣強風，碰到他的手……

她的父母會在草地旁的那棟小屋一起生活。他們不會再生小孩，因為那段時間已經過去了，但他們仍會如新婚之時那樣頻繁做愛。舒古會從追求者中選擇一人，事實上她選的是新來的那個。她會去跟他住在一起，在兩人合力蓋好的那棟小屋裡做愛。他們蓋房子、跳舞、種花、吃飯、睡覺，所做的一切最後都變成做愛。不久舒古便懷孕了，然後生下兩個寶寶，兩個各包著一層堅硬的白膜或說外殼。這對父母用喙、用手扯開這層保護膜，裡面是蜷成一團的小小新生兒，抬起小之又小的喙，盲目發出啾啾叫聲，已經張著大嘴，貪求食物，貪求生命。

第二個寶寶比較小，不貪求，發育得不好。儘管舒古和丈夫都溫柔關懷地餵養她，舒古的母親也過來暫住，用自己的喙餵她吃東西，她一哭就抱起來搖晃逗哄，但寶寶還是日漸衰弱。一天早上，她在外婆的懷裡一陣扭動，拚命喘氣，然後便再也不動了。外婆哭得很傷心，想起了舒古那個甚至比這寶寶還短命的弟弟，同時也試著安慰舒古。孩子的父親在新屋後面挖了個小墳墓，四周都是在長長春季抽芽開花的樹，邊挖土邊掉淚。另一個較大的女娃，琪琪莉，則又是啾啾叫、又是咯咯笑，吃得多，長得好。

差不多到了琪琪莉開始奮力學站，朝父親叫「爸！」、朝母親和外婆叫「媽！」、被大人阻止做什麼時會大叫「不要！」的時候，舒古又生下一個寶寶。跟很多第二胎一樣，這胎只有一個孩子，是個健康的男孩，很小，很貪吃，長得很快。

在他之後，舒古將不再生兒育女。她和丈夫仍會興之所至地做愛，享受開花時節和結果時節的歡愉輕鬆，在溫暖的白天，在溫和的夜晚，在清涼的樹蔭下，在炎夏正午的草地上，那將是安沙拉克人所謂的「奢侈的愛」：不是為了繁衍後代的實用目的，只為愛而愛。

安沙拉克人生兒育女的時間僅限於北方的初春，也就是回到出生地之後不久。有些夫婦養大四個小孩，許多夫婦也有三個小孩，不過通常，如果第一胎的兩個都長得好，就不會再有第二胎。

「你們很幸運，不像我們會過度繁殖。」聽了克艮梅格敘述的這一切，我對他說，並告訴他一點我那個次元的情況，於是他也表示同意。

然而他並不希望我以為安沙拉克人在性愛或生育方面完全沒有選擇。一般而言，伴侶的感情都能歷久彌堅，但人的意志和矛盾也可能改變、扭轉或破壞兩人關係，他也談到那些例外。許多伴侶是兩男或兩女，這類伴侶和其他沒有孩子的夫婦常會向有三四個孩子的夫婦領養一個，或者收養孤兒。有些人沒有伴侶，也有些人同時或陸續有好幾個伴侶。當然有人通姦，也有人強暴。女孩若置身在很晚才從南方出發的人之間，是件很不好的事，因為這些殿後的人性慾已很強烈，年輕女子常不幸遭到輪姦，抵達出生地時已飽受摧殘，沒有伴侶，卻懷有身孕。找不到伴侶或對伴侶不滿的男人可能離家出走，四處販賣針線，或者磨刀補鍋；人們歡迎這些遊蕩者的貨品，但對他們的動機則抱持疑心。

在陽臺上吹著輕柔海風，聊了好幾個星光閃爍、天色泛紫的夜晚之後，我問起克艮梅格自己的人生。他說，他在各方面都遵循「馬丹」，那項規則，那個「道」，只有一處例外。他第一次遷徙北上之後就有了伴侶，妻子第一胎生下兩個孩子，一男一女，都平安長大，後來當然跟他們一起回南方。第二次遷徙北上時，全家人再度團聚，兩個孩子也在附近成家，因此他跟五個孫子都很熟。在南方的第三季，他和妻子泰半時間都相隔兩地，身在不同的城市：她是天文學教師，到更南方的天文臺去了，而他則留在特克基特跟一群哲學家一起做研究。她因心臟病發猝逝，他參加了她的喪禮。不久後，他便和兒子及孫子一起北上。「在回到家之前，我並不想念她。」他實事求是地說。「可是回到我們的家，獨自住在那裡，沒有她為伴——我實在受不了。然後我湊巧聽到這裡在徵人，負責迎接來到這島上的陌生人。先前我一直在想怎麼死最好，而這裡似乎有點像個中途站：海中央的一座島，沒有任何其他同胞在這裡……不完全算是生，也不完全算是死。我覺得挺有意思的，所以就來了。」他早就過了安沙拉克的三歲，照我們的算法已屆八十高齡，但除了肩膀有點彎、頭上的羽冠變成全白之外，看不出他年事已高。

隔天晚上他告訴我往南遷徙的情形，以一個安沙拉克男人的經驗，描述北方夏日逐漸退去變短時的感覺。收成工作已經結束，穀物存放在密封的糧倉留待來年，長得慢的塊莖類作物已經種下，任它們在地底過冬，下一個春天就能收成。小孩都竄高了，活潑好動，愈來愈待不住，對家裡的生活感到無聊，一天到晚往外跑，跟鄰居小孩交朋友。這裡的生活甜美卻一成不變，永遠相同，奢侈的愛也不再那麼激切。一天晚上，夜空多雲，風中略帶涼意，床上躺在你身旁的妻子嘆了口氣，喃喃說道：「你知道嗎？我想念城市。」那一切就突然湧上你心頭，像一波光亮溫暖的大浪——城裡的人群，擁擠的大街和高樓，聳立在一切之上的「年塔」——陽光耀眼的運動場，夜裡充滿燈光和音樂的廣場，你坐在那裡的咖啡館喝茰，開懷暢談直到凌晨——那些老朋友，這段時間你都沒想起他們——還有陌生人——你有多久沒見到一張新面孔了？有多久沒聽過一個新想法，冒出一個新念頭？該回城市了，該跟著太陽走了！

「親愛的，」母親說：「我們不可能把你收集的石頭全部帶回南方，挑一些最特別的就好。」小孩則抗議：「我自己背就好了啊！我發誓！」最後她不得不聽話，找了一個特別的祕密所在藏起那些石頭，根本想不到明年回來的時候她已經不會在乎這些幼稚的收集品，也幾乎沒有意識到自己已開始時時刻刻想著這趟千里迢迢的旅程，想著前方那些未知的土地。城市！大家都在城市裡做什麼？那裡有岩石收藏嗎？

「有啊。」父親說。「博物館裡就有。非常珍貴的收藏。等你上學之後，學校的人會帶你們去各式各樣的博物館。」

學校？

「你一定會喜歡的。」母親說得斬釘截鐵。

「上學最好玩了。」克琪阿姨說。「我愛死學校了，今年我打算回學校教書。」

往南的遷徙跟往北的遷徙相當不同，不是分頭四散，而是聚集成群。遷徙的方式也非零星隨意，而是井然有序，同一區域的所有家庭在出發之前許多天便已做好計畫。他們一起出發，五個、十個或十五個家庭同行，夜裡也一起紮營。他們用手推車和獨輪車帶了許多食物，烹飪器具，準備在無樹的平原上用的生火燃料，越過高山隘口時要穿的溫暖衣物，還有藥品，以備途中生病的不時之需。

往南遷徙的路上沒有老人——沒有超過我們的七十歲左右的人。遷徙過三次的人都留在北方，成群聚集在農莊或農莊附近發展起來的小鎮，或者留在他們曾度過生命中幾度春夏的家園，與伴侶一起或獨自一人度過人生最後一段時光。（我想，克艮梅格說他在各方面都遵循族人之道、只有一點例外，指的是他沒有留在家裡而來到這座島上。）這是所謂的「冬季離別」，是南下的年輕人與留在家園的老人的離別，令人傷痛，嚴苛堅忍，也不得不然。

只有那些留下的人才可能見到北地之秋的壯麗，蒼藍的暮色，湖上初結薄冰的痕跡。有些人留下畫作或信件，把這些景象描述給他們再也見不到的子女和孫子。大部分人都在漫長、黑暗、寒冷的冬天到來之前死去。沒有人活到下一個春季。

南下往中陸前進的遷徙團隊，逐漸遇上從東邊和西邊來的其他團隊，直到人愈來愈多，夜裡放眼望去，廣大草原上全是閃閃爍爍的營火。人們圍坐在營火旁唱歌，寧靜的歌聲盤旋在小小火光和星辰之間的黑暗中，久久不散。

南下的旅程並不匆忙，人們信步而行，每天不走很遠，不過還是持續前進。來到山脈下的丘陵，龐大的群體再度四散分開，各走許多不同小徑，因為每條步道人少一點比較愉快，免得一路必須跟著、踩著大隊人馬留下的塵埃和垃圾。到了高山隘口，可以通過的地方只有那幾處，眾人勢必又將聚集。他們用最好的態度面對這一切，高高興興地彼此問候，分享食物、燃料、遮蔽處。每個人對小孩都很和藹，這些只有半歲的孩子在陡峭的山路上走得吃力，常會害怕，大家都為他們放慢腳步。

就在山路好像怎麼走也走不完的時候，一天傍晚，他們穿過了一處高山岩石隘口，來到瞭望站——可能是「南面」，或者「神喙之岩」，或者「石山」。他們站在那裡，瞭望遙遠的下方，看著夕陽下南方一望無際的金色平原，長滿野生穀物的無盡田野，還有遠處幾抹模糊的紫——那就是太陽下諸城的城牆與塔樓。

下坡路上他們走得比較快，吃得比較少，身後揚起陣陣塵埃如雲。

他們來到了城市——一共九座，特克基特的規模最大——城市在塵沙、沉默與陽光中兀自佇立。他們湧入城門屋門，填滿街道，點起提燈，從滿溢的水井裡打水，把寢具丟在空蕩蕩的房間，在每一扇窗邊、每一處屋頂上大喊。

城裡的生活跟家園的生活太不同了，孩子們簡直不敢相信；他們煩惱，存疑，對一切都不讚許。他們抱怨，這裡好吵，好熱，沒有任何可以獨處的地方。頭幾晚他們會因想家而哭泣。一旦學校事務安排好，他們就上學去了，認識一大堆同年齡的朋友，個個都煩惱、存疑、對一切不讚許、害羞、熱切、興奮欲狂。在北方的老家，他們都學過讀書、寫字、算數，就像學會木工和種田，都是父母教的；不過這裡有進階課程、圖書館、博物館、美術館、音樂會，各種科目的老師：美術、文學、數學、天文學、建築、哲學——這裡還有各式各樣的運動、遊戲、體操，而且每晚城裡總有地方有人圍成圓圈跳舞——更重要的是，這裡有全世界的所有其他人，全擠在這些黃色城牆內，結識、交談、工作、思考都在一起，在這心智與努力無盡發酵的地方。

在城內，父母鮮少住在一起。這裡的生活不是兩兩成對，而是以團體為單位。伴侶各過各的，各有各的朋友、活動、職業，偶爾見個面。小孩起初跟父親或母親同住，但過了一陣子也想自立，便離家去住在年輕人的地方，集體住所，大學宿舍。年輕男女住在一起，成年男女亦然；在沒有性慾特質的地方，性別並不重要。

因為，在城裡的太陽下他們什麼都做，就是不做愛。

他們愛，他們恨，他們學習，他們製造，他們認真思考，努力工作，盡情玩樂；他們熱切享受，也絕望受苦，過著充實而人性的生活，從來不會想到性這回事——除了（克艮梅格擺出一張不動聲色的撲克臉說）哲學家之外。

他們的成就，他們這個民族的成績，全都在太陽下的諸城裡。克艮梅格給我看過一本畫冊，那些城裡的塔樓和公共建築從簡潔單純到堂皇華麗一應俱全。他們的書是在城裡寫的，他們的思想和宗教也是好幾個世紀以來在城裡成形的。他們的歷史，他們文化的存續，全都在城裡。

他們生命的存續則在北方完成。

克艮梅格說，他們在南方的時候完全不會因為沒有性而若有所失。我只能相信他的話，儘管這對我們可能很難想像，但他的語氣簡單直接，純粹就是陳述事實而已。

此刻我試著轉述他告訴我的一切，不過若將他們在城裡的生活形容為獨身或貞潔似乎不對：這些形容詞都意味被迫或自行用意志力抗拒慾望。如果沒有慾望，也就沒有抵抗，沒有禁慾，有的只是，我們或許可以說，一種基進意義上的天真無邪。婚姻生活對他們僅餘空洞記憶，毫無意義。如果一對伴侶回到南方仍住在一起，或常常見面，那是因為他們是特別要好的好朋友——因為他們相愛。可是他們也愛其他朋友。他們的生活從不遠離其他人。城裡的公寓大樓沒有什麼隱私可言——也沒人在乎。這裡的生活是團體的、活躍的、社交的、合群的，充滿各種樂趣。

但白晝慢慢變暖了，空氣變乾了；風中有種擾動不寧的氣息，光影的角度開始不同。然後眾人聚集在街上，聽年僧宣布春分到來，看著太陽停止、暫頓、然後轉向北方。

人們離開城市，這裡一個，那裡一對，那裡一家……血液裡的賀爾蒙又開始騷動，模糊的渴望或記憶微微浮現，那是身體的知識，知道即將到來的幸福。

年輕人盲目追隨這份知識，不知道自己知道它。已婚夫婦再度相吸相聚，所有的記憶再度甦醒，無比甜蜜。回家去，回家去，兩人再在一起！

這幾千個白天和夜晚他們在城裡所學、所做的事，現在都拋在身後，打包收起。留待他們下次回來南方……

「所以我們很容易誤入歧途。」克艮梅格說。「因為我們在北方和南方的生活實在太不一樣了，年輕人會覺得這樣的生活不連貫、不完整。而且我們無法用理性連結這兩者，無法對只過一種生活的人解釋或辯護我們的馬丹。後來貝德爾人來到我們的次元，說我們的『道』只是本能，說我們過著動物般的生活。我們覺得很羞恥。」

（之後我在《次元百科》裡查克艮梅格說的「貝德爾人」，找到烏濃次元的貝德爾族，他們性好侵略、汲汲營營，物質科技高度發達，已經不只一次因干擾其他次元而跟跨次元事務署發生衝突。旅遊指南給他們標上符號，表示「工程師、電腦程式師、系統分析師會特別感興趣」。）

說起他們，克艮梅格語氣痛苦，聲音都因此變得緊繃。貝德爾人來的時候他年紀還小——而他們正好是第一批來自其他次元的訪客。之後他一輩子都在思考他們的事。

「他們說我們應該控制自己的生活，不應該過分開的、兩半的生活，必須一整年、所有時間都過著完整的生活，這才是高度智慧的生物過活的方式。他們是很偉大的民族，充滿知識，科學進步，生活過得輕鬆又奢侈。在他們看來，我們真的不比動物好多少。他們告訴我們這些事，讓我們知道其他次元的其他人怎麼過生活。我們因此明白自己很傻，居然有半輩子時間不享受性的樂趣，還浪費那麼多時間和精力以步行的方式南來北往；我們明明可以造船，或者修路造車，或者造飛機，高興的話一年來回一百次都可以。我們明白了其實可以在北方蓋城市，在南方建家園。有何不可？我們的馬丹既浪費又不理性，只是動物的本能衝動在控制我們。只消服用貝德爾人給的那些藥，就能擺脫這一切；我們的下一代不需要吃藥，可以用貝德爾的基因科學加以改造。然後我們就可以像貝德爾人一樣一直有性慾，直到非常老為止，然後女人在停經之前什麼時候都可以懷孕——甚至在南方也可以，而且她能生的小孩的數目也不再有限……他們很熱心，急著給我們這些藥。我們知道他們的醫生很厲害，因為他們一來，就以各種療法治好了一些疾病，簡直像奇蹟一樣。他們知道的好多。我們看他們坐飛機飛來飛去，覺得好羨慕，也覺得自己好羞恥。

「他們送機器給我們。我們試著在多岩石的狹窄道路上開他們給我們的車。他們派工程師來指導，我們開始蓋一條很大的公路，直接貫穿中陸。我們用貝德爾人給的炸藥炸開山脈，好讓公路可以建得又寬又平，由南到北、由北到南。我父親就在公路上做工。有一段時間，數以千計的男人都在那裡蓋公路。從家園來的男人……只有男人，他們不找女人去做那份工作，因為貝德爾女人就不做這種工作。他們告訴我們，女人要待在家裡照顧小孩，男人負責做工。」

克艮梅格若有所思地啜了一口萸，凝視遠方波光粼粼的大海和滿天星辰。

「女人們從家園南下，去跟男人談。」他說。「她們叫男人聽她們的，不要只聽貝德爾人的……也許女人跟男人感到羞恥的方式不同。也許她們的羞恥不一樣，比較關於身體而非心智。她們不喜歡車子和飛機和推土機，但非常在意那些會改變我們的藥，以及那些指派誰做哪種工作的規定。畢竟，我們的習俗是，雖然生小孩的是女人，不過父母兩人都要負責養、負責照顧。為什麼小孩都要留給母親一個人管？她們問。一個女人要怎麼獨力帶大四個小孩？甚至四個以上的小孩？這太不人道了。而且，在城裡，家人為什麼要住在一起？那時候小孩不想跟父母在一起，父母也不想跟小孩在一起，大家都有別的事要做……女人找我們男人談了這些事，然後我們跟她們一起試著找貝德爾人談。

「他們說：『這一切都會改變。到時候你們就知道了。你們無法正確推理，這只是賀爾蒙的影響，我們會改變你們的基因程式，到時候你們就可以擺脫這些不理性又無用的行為模式。』

「我們回答：『但到時候我們可以擺脫你們這些不理性又無用的行為模式嗎？』

「修路的男人開始丟下工具，拋下貝德爾人提供的大型機具。他們說：『我們自己已經有千百條路了，為什麼還需要這條公路？』然後便沿著那些舊日小徑和步道往南走了。

「是這樣，這一切都發生在北方那一季的尾聲——我想這是不幸中的大幸。在北方，我們分開來住，生活大部分時間都花在求偶、做愛、養育小孩上，因此我們——該怎麼說呢——比較短視，比較容易受影響，比較脆弱。那時我們才剛要開始重新聚集。等我們來到南方，全回到太陽下的諸城裡之後，就可以聚在一起商量，提出論點相互辯論，考慮怎麼樣才對我們整個民族最好。

「等我們做完了這一切，也進一步跟貝德爾人談過、讓他們跟我們談過之後，便召集『大共識』，就像傳說中提過、保存歷史的年塔裡的古代文獻也有紀錄的那樣。每一個安沙拉克人都到自己所居城市的年塔投票，做抉擇：我們該遵循貝德爾之道還是馬丹？如果我們遵循他們的方式，就要讓他們留下；如果我們選擇自己的方式，就要請他們走。我們選擇了我們自己的道。」他笑了，鳥喙發出輕輕的喀喀聲。「那一季我才半歲。我也投了票。」

我沒問他投票支持哪種選擇，但問了貝德爾人是否願意離開。

「他們有些人提出爭論，有些人發出威脅。」他說。「還提起他們的戰爭和武器。我確信他們完全有能力徹底毀掉我們。但他們沒有。也許他們太藐視我們了，根本懶得動手。或者他們自己那裡有戰爭，分身乏術。那時候，跨次元事務署的人已經來過，很可能是因為他們，貝德爾人才沒再來騷擾。那時我們已經心存警戒，於是又辦了一次投票，決定不再歡迎其他訪客，所以現在由跨次元事務署負責管理，只讓遊客來到這座島。但我不確定這第二個選擇是否正確。有時候我覺得是，有時則覺得不一定。我們為什麼要害怕其他民族，其他的道？不可能所有人都像貝德爾人一樣吧。」

「我想你們的選擇是正確的。」我說。「不過我這是違心之論。我真希望能見見安沙拉克的女性，見見你的孩子，造訪太陽下的諸城！我真想看你們跳舞的樣子！」

「哦，唔，這你倒是可以看到。」他說著站了起來。也許那天晚上我們的茰喝得比平常多了點。

在俯臨沙灘的露臺上，閃爍星光的黑夜中，他站得又高又挺。他挺起肩膀，揚起頭，頭上的羽冠慢慢豎直挺立，雙手高舉過頭。這姿勢就像古代的西班牙舞者，激切而優雅，緊繃又陽剛。他沒有跳躍，畢竟他已經八十歲了，但他模仿了跳躍的動作，然後優雅地深深鞠了一躬。他的喀嗒喀嗒快速敲出兩拍，腳跺兩下，接著雙腳輕快跳起複雜的舞步，上身則繼續保持緊繃挺直。然後他雙臂往前伸出，做出大大擁抱的姿勢，朝向我，而我則坐在那裡，幾乎駭於他舞步之美麗之激烈。

然後他停下腳步，笑了起來，上氣不接下氣。他坐下，一手抹過額頭和羽冠，有點喘。「畢竟，」他說：「現在不是求偶的季節。」

弗林希亞人的社會夢境

注：本篇資訊大多來自《弗林希亞次元之夢學調查報告》（米爾斯大學出版），以及與弗林希亞學者和朋友的談話。

在弗林希亞次元，夢境不是私人財產。有煩惱的弗林希亞人不需要躺在長沙發上對精神分析師敘述夢境，醫生已經知道病人昨晚夢見什麼，因為醫生也夢見了；病人也夢見醫生夢見的事物；住在附近的人全都一樣。

若要逃離其他人的夢，或者想做個私人的、祕密的夢，弗林希亞人必須獨自前往荒野。但就算在荒野中，他們的睡眠也可能被獅子、羚羊、熊或鼠的奇怪夢境入侵。

清醒時，以及睡眠中大部分的時間，弗林希亞人跟我們一樣對夢境毫無知覺。只有正在進行或正要接近REM睡眠的人才能參與其他REM睡眠中人的夢。

REM是「快速眼動期」（rapid eye movement）的縮寫，在睡眠的這個階段，眼球有清楚可見的快速動作，腦部訊號是一種獨特的腦電波。我們能記得的夢大多發生在REM睡眠。

弗林希亞人的REM睡眠所形成的腦電波圖和我們這次元的人非常相似，不過也有顯著的差異，而這可能就是弗林希亞人能共享夢境的關鍵所在。

人與人之間的距離要夠近，才能共享夢境。弗林希亞人夢境的傳送力大約相當於一般人聲。方圓一百公尺之內的夢境很容易接收，其中某些零星片段可能傳得更遠。在偏僻地方做的強烈夢境，甚至有可能傳到兩公里以外。

在沒有左鄰右舍的農家，弗林希亞人的夢只跟家人的夢混合，再加上穀倉裡的牲口和趴在門口打盹的狗睡夢中聽到、聞到、看到的回音、氣味和浮光掠影。

在村莊或城鎮，由於四周房屋裡都睡著人，因此弗林希亞人每夜都至少有部分時間做著跑馬燈一般的、自己與他人交錯穿插的夢。我很難想像那是什麼感覺。

我問一個住在小鎮的熟人，她是否還記得前一晚做的任何夢，能否說給我聽。起初她顧左右而言他，說那些夢都亂七八糟，只有「強烈」的夢才應該加以思考、談論。顯然她不大想把鄰居的夢境講給我這個外人聽。最後我終於說服她我是真的感興趣而非想偷窺，她想了一下，說：「唔，有一個女人——在夢裡那是我，或者類似是我，但我想那其實是鎮長太太的夢，他們就住在轉角——總之，這個女人，她在找她去年生的一個嬰兒。當時她把小孩放進五斗櫃抽屜，然後就忘得一乾二淨，現在我，或者說她，開始擔心了——小孩有沒有東西吃？從去年到現在？我的天，我們在夢裡還真笨！然後，哦，對了，然後有個光著身子的男人和一個侏儒大吵一架，他們在一座空的蓄水池裡。那可能是我自己的夢，至少一開始是。因為我知道那座蓄水池，在我祖父的農場上，我小時候常去那裡住。但是那兩個人都變成了蜥蜴，我想。然後——哦，對了！」她大笑起來。「我被一對巨大的乳房夾得死死的，那對乳房大得不得了，乳頭很尖。我想這是隔壁那個十幾歲男生的夢，因為我嚇壞了，卻也有種狂喜的感覺。然後還有什麼？哦，一隻老鼠，看起來真是好吃，牠不知道我在那裡，我正準備撲過去，接著卻又出現一個恐怖的東西，一個噩夢——一張沒有眼睛的臉——還有多毛的大手朝我亂摸——然後我聽到隔壁那個三歲小孩尖叫，因為我也醒了過來。那個可憐的小女孩一天到晚做噩夢，把我們大家都快搞瘋了。哦，我不大想去想那個夢。幸好大部分的夢我們都會忘記。要是所有的夢都得記得，那多可怕！」

做夢是一種週期性而非持續不斷的活動，因此在人數不多的環境，可能會有幾小時的睡眠時間是「夢境劇場」（如果可以這麼稱呼的話）沒開張的。在同處一地的固定團體中，弗林希亞人的REM睡眠傾向同步化。一個晚上約有五次REM循環的高峰，此時每個人腦海裡可能同時進行好幾個或許多個夢，以夢的那種無可辯駁的瘋狂邏輯相互混合、影響，於是（就像我那個住在鄉下的朋友描述的）嬰兒會出現在蓄水池裡，老鼠藏在乳房之間，沒眼睛的怪物則消失在一隻豬小跑經過揚起的塵埃中，這個新的片段也許是狗的夢，因為豬的影像相當模糊，氣味卻十分鮮明。但如此進行一陣之後，就有一段時間大家都可以安睡，不會出現任何刺激的事情。

在弗林希亞城市裡，每個人每天晚上都處在千百個人的夢境範圍中，虛幻景象層層交錯重疊，片刻不歇，混亂不已，如此一來——這是別人告訴我的——夢境反而會相互勾消，就像隨便亂抹上一筆又一筆不同色彩；在這毫無意義的紊亂中，連你自己的夢都立刻變得朦朧，彷彿投射在已經同時放映一百部電影的銀幕上，所有電影的對話和配樂也全都同時播放。只偶爾才有一個手勢、一個聲音的片刻清晰，或者一個特別鮮明的春夢或可怕的噩夢，使附近所有睡眠中人都嘆息、射精、顫抖，或喘著氣驚嚇醒過來。

常做令人不安或不快的夢的弗林希亞人喜歡住在城市，正是因為這種所謂的夢境「大雜燴」幾乎可以完全吞沒他們自己的夢。但其他人則討厭這種永無休止的夢境噪音，連在大都市住上幾晚都不願意。「我最討厭做陌生人的夢了！」我那個住在鄉下的熟人說。「好噁心！每次從城裡回來，我都恨不得把大腦掏出來洗一洗！」

就算在我們這個次元，年幼的孩童也常很難了解他們將醒之前所經歷到的那些事物不是「真的」。對弗林希亞的孩童而言，做夢這回事一定更令人困惑，因為他們天真無辜的睡眠被成人的感受和思慮進占——發生過的意外再度發生，往日的哀傷再度湧現，強暴的場面再度上演，或者對已入土五十年的人憤恨難平地說話。

不過弗林希亞的成年人都很願意回答孩童關於共享夢境的問題，加以討論，總是將其定義為「夢」，而並不視之為不真實。弗林希亞語中沒有「不真實」這個詞，最接近的詞是「沒有實體」。於是孩童學會與成年人那些難以理解的記憶、不可告人的行動、無法解釋的情緒共存，就像我們這次元有些孩童在顛沛流離的可怕內戰或瘟疫饑荒的年代中長大；或者，事實上，任何地方、任何時代的孩童都是這樣。孩童學會分辨什麼是真、什麼是假，什麼要注意、什麼要忽略，這是生存策略。雖然身為外人很難評斷，不過我對弗林希亞孩童的印象是他們心理上很早熟，七、八歲就已受到大人平起平坐的對待。

至於動物，儘管牠們顯然也參與了人類的夢境，可是沒人知道牠們對此有何感想。在我看來，弗林希亞的家畜似乎特別友善、聰慧、信任人，通常也被照顧得很好。可能就是因為弗林希亞人跟動物共享夢境，所以儘管他們利用動物來負重、犁田、生產奶與毛，卻不吃牠們的肉。

弗林希亞人說動物比人更敏感、更容易接收夢境，甚至可以接收到其他次元的人的夢。弗林希亞農夫都告訴我，來自肉食次元的訪客會讓他們養的牛和豬非常不安。我曾經寄宿在恩雅谷的一處農場，那天晚上雞舍吵了大半夜；我以為有狐狸闖入，但主人說是因為我的關係。

彼此夢境交融了一輩子的人，說他們常不確定夢境從哪裡開始，也不確定那些夢原本是自己的還是別人的；而在一個家庭或一個村子裡，特別情色或特別荒唐的夢境的原作者可能非常容易辨認。彼此熟識的人，可以從夢的調性或事件或風格認出起源是誰。然而因為他們夢見了同樣內容，那便也變成他們自己的夢。每個夢在每個人的腦袋裡都可能有不同的形狀。而且，跟我們一樣的是，做夢者的人格，也就是夢裡的我，通常曖昧微薄，加上奇怪的偽裝，或者難以預料的迥異於白天的人格。非常令人迷惑或情緒效果很強烈的夢，則常會被同社區的人斷斷續續討論一整天，不過完全不提夢的起源是誰。

另外，跟我們一樣的是，大部分的夢醒來即忘。在每一個次元，夢境都難以捉摸。我們或許會覺得弗林希亞人缺乏內心的隱私空間，但他們也受到這種集體健忘症的保護，對任何夢境來源能時時保持存疑，而夢本身也隱晦不明。他們的夢真的是公共財產。看見大理石桌上的盤子裡放了一顆留鬍子的人頭，耳朵正被一隻紅黑相間的鳥啄食，一股幾乎歡欣的驚恐伴隨湧上——這是來自巫妮雅阿姨的睡眠，還是涂叔叔，還是祖父，還是廚子，還是隔壁的女生？小孩可能會問：「阿姨，那顆人頭是你夢見的嗎？」標準答案則是：「我們都夢見了。」而這，當然是事實。

弗林希亞的家庭和小社區關係緊密，一般而言相處和諧，不過也不是沒有爭吵和世仇。前往弗林希亞次元記錄研究做夢腦波同步化的米爾斯大學研究團隊同意，就像我們這次元的團體中經期或其他生理循環會趨於同步，弗林希亞人的共同夢境可能有建立並強化社會關係的功能。至於它在心理或道德方面有什麼影響，研究者則未加臆測。

偶爾有些弗林希亞人投射和接收夢境的能力異常發達——從來不會只偏重收或發其中一方。這種人夢境的訊號異常清楚強烈，弗林希亞人稱之為心智強大。心智強大的人可以接收到非弗林希亞人的夢境，這點已經證實，有些人還可以跟魚、昆蟲、甚至樹木共享夢境。一個蔚為傳奇、名叫杜伊爾的心智強壯之人宣稱他「與山川同夢」，但一般認為他的如此誇口只是詩意比喻。

心智強壯之人甚至出生之前便可被人發現，因為他們的母親開始夢見自己住在一處琥珀色的溫暖宮殿，沒有方向也沒有重力，充滿影子和複雜節奏及旋律振動，還常被緩慢平和的地震搖晃——這種夢讓整個社區的人都樂在其中，雖然到了懷孕後期夢裡可能會多出一種壓力、緊迫感，導致一些人感到幽閉恐懼。

隨著心智強大的孩子逐漸成長，其夢境範圍會廣達平常人的兩三倍，很容易覆蓋或涵括其他當地同時正在進行的夢。若心智強大的孩子生病、不快樂、或遭到虐待，他們混亂激烈的噩夢和譫妄可能會令社群裡所有人都感到不安，甚至波及隔壁村落。因此，人們會小心對待這樣的孩子，盡一切努力讓他們過著愉快、平靜又有紀律的生活。如果孩子的家人沒有能力或沒有愛心照顧他們，整個村子或城鎮的人便會出面，大家都真心想讓這樣的孩子白天過得安詳，晚上能有好夢。

「世界級」的強大心智是傳奇性人物，據說他們的夢會降臨到全世界每個人身上，也因此夢見全世界每個人的夢。這類男女被尊為聖人，是如今強大做夢者的理想和典範。事實上，心智強大之人承受著很沉重的道德壓力，必定也帶來很大的精神壓力。他們從不住在城市：做一整個城市的夢會讓他們發瘋。他們大多自成小社群，過著非常安靜的生活，夜裡睡覺的地方遠離彼此，實行「做好夢」的藝術，主要指的是做沒有傷害力的夢。其中也有些人成為導師、哲學家、精神領袖。

弗林希亞次元仍有許多部落社會，米爾斯大學的研究團隊拜訪了其中幾個。根據他們的報告，在那些民族，心智強大之人被視為預言者或薩滿巫醫，地位崇高，也有與其地位相應的特權和重擔。如果在饑荒期間，族裡的心智強大之人夢見沿河而下、到海邊大快朵頤，全族的人都會鮮明感受到那趟旅程和那頓饗宴，令人深信不疑的程度可能使他們決定打包啟程，沿河往下游前進。如果途中找到食物，或者在海灘找到蝦蟹貝類及可食用的海藻，心智強大之人便會得到最好吃的部分做為報酬；但如果他們一無所獲，或者跟其他部落發生衝突，預言者就會被稱為「心智扭曲之人」，可能遭到毆打或驅逐。

長老們告訴研究人員，通常只有在其他情勢條件符合的狀況下，部落才會決議遵循夢的指示。心智強大之人本身也力勸族人審慎行事。東祖德畢約族的一名預言者告訴研究人員：「我都對族人說：有些夢告訴我們的是我們想相信的事。有些夢告訴我們的是我們畏懼的事。有些夢是我們知道的事，儘管我們可能不知道自己知道。把我們不知道的事告訴我們的夢，是最稀少罕見的。」

弗林希亞對其他次元開放已超過一世紀，然而此地的鄉村景致和寧靜生活方式並未吸引大批訪客湧入。許多遊客對這個次元退避三舍，覺得弗林希亞人是「心智的吸血鬼」和「心理偷窺狂」。

大部分弗林希亞人仍然務農，住在村莊或小鎮，不過城市和物質科技也成長得很快。雖然所有科技和技術的輸入都必須經過泛弗林希亞政府同意，但本地公司和個人已經愈來愈頻繁提出此類申請。許多弗林希亞人樂見這種都市化和唯物化的成長，認為這是心智強大之人接收了其他次元訪客的夢境並加以詮釋的結果。「人們帶著奇怪的夢來到這裡。」歷史學家卡普斯的圖巴說；他自己也是心智強大之人。「我們最強大的心智在那些夢裡結合，也使我們與之結合。因此我們全都看到了以前從不曾夢見的東西。大批群聚的人、虛擬網路、冰淇淋、大量商業，許多令人愉快的財物和有用的工藝品。『難道這些東西只能繼續是夢？』我們說。『我們何不讓這些東西存在於清醒後的世界？』所以我們便這麼做了。」

其他思想家對外來睡夢則較為存疑。最令他們不安的是，這種夢境的溝通並非雙向。儘管心智強大之人可以分享外來訪客的夢，並「廣播」給其他弗林希亞人，可是至今不曾有其他次元的人能夠分享弗林希亞人的夢。我們無法進入他們每夜的幻想盛宴，我們跟他們不在同一個波長上。

米爾斯大學的研究人員原本希望找出是什麼機制導致共通夢境，他們卻失敗了，一如弗林希亞科學家至今也都一無所獲。跨次元旅行社的宣傳品大力炒作「心電感應」，然而這只是標籤，不是解釋。研究已經證實，所有弗林希亞哺乳動物的基因都包含共享夢境的能力，但這種能力以什麼方式運作依然不明（儘管顯然與睡夢中腦波同步化有關）。外國訪客的腦波不會跟本地人同步，不能參與每晚無形無影、一同進行、隨著同樣節拍起舞的電波脈衝，卻會在不知不覺、不情不願中——就像耳聾的孩子大聲喊叫——將自己的夢傳送給睡在附近的強大心智。在很多弗林希亞人看來，這似乎不是分享，而是污染或感染。

「我們的夢，」哲學家——同時也是古老的德尤保護區一名強大做夢者——法弗力特的索爾嘉說：「目的在於讓我們想像所有可想像的事物，擴展我們的靈魂：讓我們感受到四周每一個活物、每一個頭腦的畏懼、欲望和欣喜，將我們從自我的專橫和偏見中釋放出來。」她主張，心智強大之人的職責在於鞏固夢境，使其對焦清晰——不是為了謀求實效或新發明，而是使夢境成為一種透過眾多不同經驗與感覺（且不僅限於人類）了解世界的方式。最偉大的做夢者的夢，可能讓分享者都得以一瞥某種秩序，那隱藏在人生中日日夜夜一切混亂的刺激、反應、行動、言詞、意圖和想像之下。

「白天我們是分開的。」她說。「夜裡我們同在。我們應該遵循自己的夢，而非遵循那些無法在黑暗中加入我們的陌生人的夢。跟那些人我們可以交談，向他們學習，也教導他們。我們應該這麼做，因為這是白晝之道。但夜晚之道就不同了，那時我們同在同行，與他們分開。我們做的夢是穿過夜晚的道路。他們認識我們的白天，卻不認識我們的夜晚，也不認識我們前往夜晚的路。只有我們才能找到自己的路，彼此帶路，跟隨強大心智的燈光，跟隨我們黑暗中的夢境。」

索爾嘉說的「穿過夜晚的道路」跟佛洛伊德的「通往無意識的皇家大道」有些相似，這點雖然有趣，不過我相信其深層並不相同。來自我這次元的訪客跟弗林希亞人討論過心理學理論，但他們對佛洛伊德或榮格對夢的觀點都不感興趣。弗林希亞人的「皇家大道」並非只有一個靈魂祕密地走，而是許多人來來往往。壓抑的情緒，不管如何扭曲、偽裝、象徵化，都是你家裡和社區裡每一個人的共同財產。弗林希亞人的無意識，不管是個人還是集體的，並非深埋在多年逃避與否認之下的幽暗泉水，反而像月光下的一座大湖，每個人每晚都會一起裸泳其中。

因此，詮釋夢境對弗林希亞人而言並不是自我揭露、探索並重新調整私人內心的方式，甚至並不只限於人類，因為動物也分享夢，不過這只有弗林希亞人能談。

對他們而言，夢境是全世界所有有知覺的生靈共同參與的聖餐，強烈質疑「自我」這個概念。我只能想像，對他們而言，入睡就是完全拋開自我，進入或重新進入存有的無限社群，幾乎一如死亡之於我們。

赫根的王室

赫根是個舒適的小次元，氣候絕佳，植物繁茂豐盛得可以當飯吃。只消抬起手，就能從樹上摘下被太陽曬暖的、多汁、豐潤、三分熟的牛排果；或者坐在蘆姆樹叢下，任奶油口味的小果實落在膝上或直接落進嘴裡；飯後若想來點甜點，還有又酸又甜又脆的冰酪花。

四、五個世紀之前的赫根人顯然非常積極奮發、忙碌活躍，修築了一流的道路，發達的城市，堂皇的鄉間大宅和宮殿，四周全環繞著名符其實秀色可餐的庭園。然後他們進入安頓期，現在就只是住在那些美麗的房子裡。他們有各種嗜好，以安詳但執著的態度進行。有些人致力於種植繁衍更棒的葡萄品種（赫根的葡萄會自動發酵，吃一小串就像喝一杯凱歌香檳[1]，味道、香氣和效果都如出一轍。若一直不採收，任葡萄繼續掛在藤蔓上，其酒精濃度可達百分之八十或九十，味道則變得像純麥威士忌）；有些人飼養瞌基[2]當寵物，那是一種可愛的短腿動物；有些人繡出漂亮的帷帘，供教堂使用；還有許多人樂於從事各項運動。赫根人都很喜歡社交活動。

宴會上，人人穿得漂漂亮亮，吃幾顆葡萄，跳會兒舞，聊聊天。他們的談話散漫無章，甚至可說無聊乏味，內容包括葡萄的種類和品質，加上大量技術性的細節；天氣，雖然平常一貫晴朗美好，但總是可能有——或近來一直有——下雨的威脅；還有運動，尤其是蘇波這種典型的赫根運動，需要廣達數英畝的大場地，兩支隊伍，許多規則，一顆大球，地上若干小洞，一座可移動的圍籬，一枝平扁的短球棒，兩根得分桿，四名裁判，以及好幾天的時間。除了赫根人之外，從來沒人搞得懂蘇波。赫根男人會討論上一場蘇波球賽，其嚴肅、認真、專注一如他們進行球賽時的態度。其他話題包括寵物瞌基的行為和當地教堂的裝飾。他們從不討論宗教和政治，也許是因為這兩者並不存在，已經變成一系列純粹形式化的事件和儀節，其地位則被另一樣東西取代，那是赫根社會的中心要素、焦點、基礎，可稱之為「宗親關係」。

這個次元很小，幾乎每個人都有親戚關係。由於赫根是君主制的國家，或者說是由一堆君主群集而成的國家，因此幾乎每個人都是君王或君王的後代。每個人都是王室家族的成員。

早期，這種遍地皆貴族的情況造成許多麻煩與衝突。為了爭奪王位，對手必先除之後快；歷史上有過一段稱為「貴族清滌」的漫長暴力時期，一場「宗族之戰」，以及短暫卻血腥的「表親反叛」。但到了史帕格的艾督伯十二世在位期間，這一切家族內鬥都平息了，因為《血緣之書》這本巨作確立並記錄了每一族系、每一個人的家譜。

這本書如今已有四百八十八年歷史，我可以毫不誇張地說它是每個赫根家庭必備的重要物品。事實上，它是赫根人唯一會讀的一本書，大部分人都對書中關於自己家族的部分倒背如流。每年《血緣之書增訂本》的出版是所有人引頸期盼的年度大事，足以討論好幾個月：年邁的勒維維王子死了，勒維基亞氏從此斷絕，多麼悲哀；恩多爾四世和瑪布博女公爵門當戶對，若他倆成婚，史瓦德氏就可望後繼有人，多麼令人興奮；拉根

1 Veuve Clicquot，法國知名香檳品牌。

2 原文為gorki，顯然影射柯基犬（Welsh Corgi），是一種腿短好動的犬種，也是英國現任女王的愛犬。

子爵出人意料地繼承了東佛布的王位，因為他的叔公、伯父、堂哥全在同一年死於非命；還有，「王室編輯委員會」頒布命令，承認艾格莫的私生子的曾孫的合法地位。

赫根有八百一十七名國王，每人都繼承了某些土地、或宮殿、或至少宮殿的一部分，不過國王之所以為國王，實際統治或據有某個地區這一點並非必要條件。真正重要的是擁有王冠、在某些場合（比方另一位國王的登基大典）戴上王冠、家譜被毫無疑問地記錄在《血緣之書》、在本地蘇波季開始的第一場比賽坐在球場草地旁、出席一年一度的「魚祝祭」，以及知道自己的妻子是王后、長子是王儲、弟弟是親王、所有親戚和他們的所有子女都有王室血脈。

為了維持貴族階級，地位高的人便必須只跟同樣地位高的人親密來往。所幸這樣的對象不虞匱乏。就像我這個次元的任何一匹純種馬，血緣都可以一路追溯到「高多芬阿拉伯」[3]，赫根的每一個王室家族也都源自八個世紀之前在位的赫根——葛蘭德的盧格蘭。馬兒並不在乎這一點，但馬主在乎，赫根的眾多國王及王室家族亦然。從這個角度看來，赫根可說是個大型的種馬培育場。

赫根人有種心照不宣的共識，認為某些王室氏族比其他氏族稍微更王室一點，因為他們是盧格蘭的長子的嫡系子孫，而非另外八個兒子的後代；不過所有其他王室氏族都與嫡系頻繁通婚，建立起牢不可破的連結。每個氏族也各有其無可比擬的獨特榮譽，比方祖先是征服了北赫根的半傳說人物「利斧艾菲根」，或者祖先是某個旁系聖人，或者家族中歷來娶嫁的對象從不曾只是公爵或女公爵，而是一連串血統純正的王子與公主（其宮殿圖書室中的《血緣之書》永遠攤開在這一頁，供人瞻仰他們毫無雜質的家譜）。

於是，當一年一度的《增訂本》帶來的新奇感終於消退，王室宴會的王室賓客們總還可以回頭繼續討論同宗親等的問題，例如阿格寧四世的第二任妻子舒特的蒂芳德所生的兒子，究竟是不是那個十三歲時為了保衛父親的王宮、抵抗反宗族派而戰死的王子，因之究竟可不可能是後來即位為舒特王的維格瑞根公爵的父親。

並不是人人都對這種問題感興趣，赫根人在這方面的平靜狂熱令很多其他次元的訪客感到無聊或生氣。赫根人對外人絲毫不感興趣，這一點也可能惹人生氣甚至憤怒。外

3 Godolphin Arabian，公認與Byerley Turk、Darley Arabian同為現代純種馬的共同父系祖先。

國人是存在的；赫根人對外國人的所知就僅限於此，也沒興趣再多知道別的。他們很有禮貌，不會直說有外國人真遺憾，可是如果非得去想這件事不可，他們便會這麼認為。

然而，他們並不需要去想外國人，這件事已經有人代為料理。赫根的跨次元飯店位於赫姆戈根，那是西岸的一個美麗小王國。飯店由跨次元事務署經營，雇用當地嚮導；嚮導多半是公爵和伯爵，會帶遊客去看每天正午和六點各一次的「守城交接」，該儀式由幾位血脈純正、身穿華麗傳統大禮服的王子進行。跨次元事務署也舉辦一日遊，前往另外兩三個王國。遊覽車輕快跑在堅不可摧的古道上，四周是陽光普照的果園和長滿野生食物的森林。遊客下車看看遺跡，或者步行參觀宮殿對外開放的部分。宮殿的主人高傲疏遠，但永遠文明有禮，正是王室風範。也許女王會走出來對遊客微笑，卻並不真正看著他們，同時她會叫可愛的小公主請他們到午餐庭園盡情摘食，然後她便偕公主回到宮殿中不開放的部分，遊客則吃完午餐回遊覽車。就這樣而已。

生性內向的我還頗喜歡赫根。你無須跟當地人打成一片，因為不能。而且該地食物好吃，陽光宜人。我去那裡不只一次，待的時間也比大多數人長，於是湊巧得知了「赫根平民」的事。

一天，我走在赫姆戈根首都大雷格納斯的主街上，看見古老的「三王室殉教者教堂」前的廣場上聚了一群人。赫根有很多一年一度的節慶或儀式，我以為這是其中之一，便走進人群去看。這類活動通常緩慢、隆重、非常無趣，但除此之外別無可看，而且它們也自有一種單調乏味的魅力。然而，不久我便發現這是一場喪禮，而且跟我見過的任何赫根典禮儀式完全不同，尤其是人們的行為表現。

這群人當然都是王室成員，王子、公爵、伯爵、公主、女公爵、女伯爵等等，在赫根哪裡不是這樣。不過他們的舉止並不像我向來看到那樣充滿王室的含蓄、君主的沉穩、皇族的漠然。他們就這麼呆站在廣場，難得沒有正在進行任何規定的儀式職責或傳統活動或嗜好，只是聚在一起，彷彿想藉此得到安慰。他們煩亂、難過、無組織、幾近吵鬧；他們情感畢露。他們正在哀悼，公開哀悼。

人群中最靠近我的是摩根與法斯提斯公爵的遺孀，也是女王的姑姨輩姻親。我知道她是誰，因為我每天早上八點半都看見她走出王宮，帶著國王的寵物瞌基在御花園裡散步，而花園旁邊就是飯店。有個嚮導告訴我她的身分。從飯店的早餐室，我看見那隻罣丸很大的瞌基在乳酪花樹叢下出恭，公爵夫人則凝視遠方，那種平靜空洞的眼神專屬於真正的貴族。

但現在那雙淺色眼睛淚水盈眶，公爵夫人飽經風霜的柔軟臉龐幾乎揪成一團，努力要控制情緒。

「夫人閣下，」我說，不知道自己是否失禮，希望翻譯器能提供面對公爵夫人應有的恭敬稱呼：「請原諒我，我是外來人，這是哪一位的喪禮？」

她視而不見地看著我，隱約感到意外，卻悲傷得無暇驚訝於我的無知或無禮。「希希。」她說，而光是講出這個名字就讓她一時忍不住公然啜泣起來。她轉過身去，把臉藏在蕾絲大手帕裡，我也不敢再問了。

人愈來愈多，轉眼間人潮洶湧。棺材從教堂裡抬出來時，擠在廣場上的人一定已經上千，等於雷格納斯大部分的居民都來了，全是王室成員。國王帶著兩個兒子，跟皇弟一起走在棺材後，尊敬地維持一段距離。

抬棺的人及圍繞在棺材四周的人都非常古怪，我從沒看過——身穿廉價西裝的蒼白肥胖男人，滿臉雀斑的男孩，髮色黃銅、腳踩細高跟鞋的中年女人，還有一個非常顯眼、大腿很粗的年輕女子，穿著迷你裙和緊身背心，披一襲棉質黑蕾絲披肩，搖搖晃晃跟在棺材後面，大聲哭泣，近乎歇斯底里。她左右兩邊有人扶著，一邊是滿臉害怕的男人，留一抹細細小鬍子，腳穿雙色皮鞋；另一邊是疲憊、頑強、面無表情的小個子女人，年約七十，一身黑衣。

在人群的另一端，我看見跟我略有交情的本地嚮導，那是位年輕子爵，伊斯特公爵的兒子，於是我朝他擠去。這花了我不少時間，因為抬棺一行人正走向宮殿門口，那裡停著國王的禮車和馬車，而每個人都慢慢跟在他們後面。好不容易擠到嚮導旁邊，我問：「那是誰？那些人是誰？」

「希希。」他說話的聲音幾乎像哀鳴，整個人沉浸在四周的哀傷中——「希希昨晚死了！」然後，他回到自己身為嚮導和翻譯的身分，試圖恢復宜人的貴族神態，看著我，眨眼逼回淚水，說：「那些人是我們的平民。」

「那希希——？」

「她是，她生前是，他們的女兒。獨生女。」儘管他非常努力，淚水還是湧入眼眶。「她真是個貼心的好女孩。總是幫母親的忙。笑容那麼甜美。她是獨一無二的，沒有人像她一樣，沒有人。哦，她是那麼充滿愛心。我們可憐的小希希！」這時他崩潰了，哭出聲來。

此時國王和他的兒子與弟弟從離我們相當近的地方走過，我看見兩個男孩都在哭，國王那張臉猶如岩石，顯然竭盡了非人的努力才能保持平靜。他那個輕微智障的弟弟神色茫然，緊緊抓著國王的手臂，像個機械人走在他身旁。

抬棺的行列後滿滿是人，人們往前擠，爭相觸摸蓋在棺材上的白絲罩的邊緣。「希希！希希！」眾人叫道。「哦，大媽，我們也愛她！」他們叫道。「阿爸，阿爸，沒有她我們該怎麼辦？她與天使同在了。」眾人叫道。「別哭，大媽，我們愛你！我們永遠都愛你！哦，希希！希希！我們可愛的女孩！」

棺材前進得很緩慢，很不順，幾乎被圍在四周情緒激動的廣大王族攔住，但最後還是抵達了馬車和汽車所在的地方。當棺材放上那輛長長的白色靈車，每一個人的喉頭都發出非人似的顫抖呻吟，貴族女性用又細又高的聲音尖叫，貴族男性紛紛昏倒。穿迷你裙的女孩看似癲癇發作，口吐白沫，不過恢復得相當快，被肥胖蒼白男人當中的一個推上禮車。

汽車引擎發出低響，車夫趕起那些白色駿馬，車隊啟程了，速度仍然很慢，相當於步行。人群緊跟在後。

我則回到飯店。那天晚上我得知，大雷格納斯的大多數居民都一路尾隨車隊到六哩外的墓園，站在那裡觀禮，眼看棺材入土。整個晚上，直到深夜，都還有人三三兩兩回到宮殿和王室宅邸，疲憊，雙腳痠痛，滿臉淚痕。

接下來幾天我跟那位年輕子爵談話，他解釋了我見到的這個情景是怎麼回事。我原本已經了解，赫姆戈根的每一個人都有王室血統，與本國（以及他國）國王有直接親戚關係；但我不知道的是，這裡獨獨有一個家庭不是王室，而是平民。他們姓嘎特。

這個姓，還有嘎特太太娘家的姓，土格，《血緣之書》裡完全沒提。嘎特或土格家從不曾有人嫁娶過任何王室成員，連貴族也沒有。他們沒有「年輕英俊的王子引誘了靴匠的美麗女兒」這種家族傳說。他們根本沒有家族史。嘎特家人不知道祖先來自哪裡，也不知道落腳在這個王國已經多久。他們世代以製靴為業，可是在陽光普照的赫根很少有人穿靴。嘎特先生（一如他父親以前做過的，也一如他兒子正在學習的）為「守城王子」製作華麗的皮靴，為太后製作難看的毛氈靴，後者冬天喜歡在小肉草的草坪上帶著她那幾隻瞌基散步。阿格比叔叔負責鞣皮，依爾絲姑姑負責把羊毛做成氈，尤莉姑婆養羊，法夫維表哥則吃太多葡萄，成天醉醺醺。長女綺綺有點野，不過心地還是很好的。而希希，可愛的希希是次女，是全王國心愛的寶貝，「赫姆戈根的野花」，「平民小女孩」。

她身體向來不好。傳說她愛上了年輕的弗羅帝王子，然而王子當然不可能娶她。據說有人看過他們黃昏在王宮橋附近交談，一次，或不只一次。我這位子爵顯然想相信這個故事，卻又覺得很難相信，因為弗羅帝王子已經出國三年，在海夫維念書。總之，希希的胸腔很弱。「平民常這樣，」子爵說：「這是遺傳。總出現在女性身上。」她的健康逐漸走下坡，變得孱弱蒼白，她從無怨言，總是帶著微笑，但那麼消瘦、那麼安靜，就這樣日復一日逐漸凋零，直到最後躺進了冷冰冰的土裡，甜美的希希，赫姆戈根的野花。

整個王國都哀悼她的死，他們的哀悼之情激烈、誇張、無法慰藉、充滿王室風範。國王在她的墓穴前哭了。開始剷土埋葬之前，王后摘下鑽石胸針放在希希的棺材上，這枚胸針已經母女相傳十七代，是北方厄賓拉沙氏族的傳家之寶，從不曾被沒有厄賓拉沙血統的人碰過，現在卻進了「平民小女孩」的墳墓。「這胸針比不上她的眼睛明亮。」

王后說。

這場喪禮之後沒多久，我就因故必須離開赫根，其後三、四年都忙著到別處旅行，等到重回赫姆戈根王國時，全國同哀的奇觀早已結束。我想找那位子爵，可是他已經不再擔任業餘嚮導，因為繼承了家業：他擁有伊斯特公爵的頭銜以及王宮新翼的一處住所，還有權享用一座王室葡萄園，將為他舉辦的宴會提供葡萄。

他是個好青年，略帶獨創性，因此才會來當導遊；事實上，他對外地人的態度相當和善。此外，他有禮到束手無策的地步，而這點受我利用：他不大能拒絕直接的要求，所以只能應我請託，在我待在赫姆戈根的那個月邀我參加了好幾場宴會。

這時我發現了赫根人的另一個話題——這話題可以使運動、瞌基、天氣、甚至宗親問題都相形失色。

赫姆戈根的王室，對土格家和嘎特家（當時約有二十人）興趣十足，百談不厭。小孩剪下他們的相關新聞收進剪貼簿。子爵的母親珍藏一副杯盤，上面有嘎特家「大媽」和「阿爸」結婚那天的畫像，四周還環繞鍍金卷飾。赫姆戈根王室成員以相當業餘的油印報紙加上快照，報導平民家庭的生活，不但在全國上下極受歡迎，連鄰近的卓荷和維格瑪茲兩國也爭相閱讀，因為那裡沒有平民家庭。南方的鄰國拗伯依比較大，不但有三個平民家庭，還有一個真正的、活生生的敗家子，人稱「拗伯依老浪子」；但就連在那裡，大家也很關心嘎特家的八卦，諸如綺綺的裙子有多短，土格大媽都把內衣煮沸多久，阿格比叔叔身上長的究竟是腫瘤還是只是膿包，波德叔叔嬸嬸是打算夏天去海邊度假一週還是秋天去維格瑪茲山丘郊遊——拗伯依人討論這一切的熱心程度，幾乎跟那兩個沒有平民的王國或赫姆戈根不相上下。而希希頭戴野花冠的畫像（根據一張據說由弗羅帝王子拍攝的照片畫成，儘管綺綺堅稱是她拍的）更是掛在十幾座宮殿的千百個房間裡。

我認識了幾個並不像一般人那樣熱愛這話題的王室成員。佛佛德老王子頗喜歡我，儘管我是外人。他是國王的表親，也是我那個繼承公爵爵位的朋友的叔叔，對自己不落俗套的激進想法十分自豪。「他們都說我是家裡最叛逆的一個。」他用那狺狺吠叫般的聲音說，滿布皺紋的雙眼閃閃發亮。他養福拉尼而非瞌基，而且對平民毫無耐心，甚至包括希希。「太軟弱了，」他狺狺吠道：「沒有活力。沒有血統。一天到晚在宮牆外面逛來逛去，希望被王子看見，結果感冒死掉。他們全都有病，一群有病又無知的乞丐。家裡髒得要命。裝模作樣地演戲，這他們最會了。醜事、尖叫、丟鍋摔碗、黑眼圈、髒話——全是演戲，全是騙人的。一兩代之前那亂七八糟的家族還有兩個公爵呢，這是事實，我知道。」

的確，當我開始注意那些八卦、報導、照片、還有在大雷格納斯街上來來去去的那家平民本身，他們的下層階級作風確實顯得相當堅持，甚至明目張膽：也許最適合的形容應該是專業化。無疑綺綺並非刻意計畫懷上舅舅的孩子，但事情發生之後，她可也沒放過大肆渲染的機會，碰上任何手拿筆記本的王子公主都把自己的不幸故事再說一遍，說土格舅舅把半腐爛的葡萄塞進她嘴裡，害她醉得大吐，然後撕下她的衣服幹她一場。這故事愈講愈誇張，愈講愈鹹濕直露，最後是十三歲的霍多王子寫下綺綺繪聲繪影的描述，說土格舅舅多毛的身體重重壓著她，儘管她拚命抵抗，卻被自己的身體背叛，乳頭不由自主硬起來，大腿自動岔開，任由他把——王子在這裡用兩個Ｘ號代替不雅字眼——硬插進她的ＸＸ。綺綺向某個年輕的女公爵承認曾試圖打掉孩子，可是泡熱水澡根本沒屁用，奶奶的草藥難吃得像狗屎，打毛線的棒針又太危險，可能害死自己。土格舅舅則到處誇口自己在家族裡向來號稱「全幹翻」，直到他妹夫，也就是綺綺據稱的父親（綺綺是誰的種其實很有疑問，土格舅舅說不定就是她父親）埋伏偷襲他，用一根鉛管把他打得失去意識。當土格舅舅被人發現倒在自家茅房門外，躺在一灘血與尿裡的時候，全國人都狠狠打了個哆嗦。

他們用茅房，因為嘎特家和土格家沒有下水道，沒有自來水，沒有電。前任王后曾突發錯誤的善意或惻隱之心，派人在平民區那棟主屋裡裝上電線。平民區是一堆古老骯髒的小屋，掛著鼻涕的頑童在開膛破肚的汽車裡玩，繫著短鏈的大狗不停狂叫，試圖攻擊尤莉姑婆那些癩皮羊，而羊則在阿格比叔叔的鞣皮作坊那些臭烘烘的大桶之間晃來晃去。燈泡裝好的第一天就被男孩們用彈弓全部打破。嘎特奶奶死也不肯用電爐，寧可用燒柴的大灶烤她的麵包果。老鼠咬破絕緣材料，造成電線短路。平民區裝上電線的主要結果，就是老鼠觸電燒焦的臭味揮之不去。

平民對外來人都以漠然無視的態度敬而遠之，一如王室成員。偶爾他們會大發偏狹的愛國心，朝遊客丟垃圾。得知這種事，王宮總是會發表簡短聲明，表示震驚且遺憾於赫根人竟遺忘了王國的好客傳統。但在王室宴會上，常會聽到一些人滿意地竊笑，喃喃說道：「給了那些乞丐一點顏色，是不是？」因為遊客畢竟是平民，但不是我們的平民。

我們的平民學會了一個外國習慣，全都從六、七歲就開始抽美國香菸，抽得手指發黃，滿口菸臭，多痰狂咳。凱吉表哥，也就是我在喪禮上看到的蒼白肥胖男人之一，透過他的侏儒兒子矮仔經營利潤可觀的香菸走私生意，因為矮仔受雇於跨次元飯店，負責打掃廁所。年輕的王室成員常跟凱吉買香菸偷抽，享受那種反胃，那種惡劣，那種有幾分鐘真正身為粗俗人渣的感覺。

我離開時綺綺的孩子還沒生，不過王室的注意力已全集中在這即將到來的大事上，尤其綺綺動不動就公開宣稱這小雜種一定會是個流口水的白痴，生下來就沒手或沒腿或沒XX，不然還會怎樣。而這四個王國的王室家族也一心期待如此。他們入迷又驚駭，期盼看見一個基因災難，一個庶民小怪物，讓他們能為之咋舌、嘆息、打哆嗦。我相信綺綺一定盡了她的職責，為他們提供這樣的成果。

瑪熙古的悲慘故事

儘管有過血腥的歷史，瑪熙古如今已是個和平的地方，每次去那裡，我大多待在「皇家圖書館」。很多人認為到別的次元做這種事很無聊，事實上在哪裡做這種事都很無聊，但我跟波赫士所見略同，認為天堂一定很像圖書館。

瑪熙古圖書館大部分是戶外空間。檔案、書架、電子儲存檔、以及用以連接閱讀器的電腦，都放在可以控制溫度濕度的地底書庫，而龐大的地底建築之上則建有空氣流通的拱廊，提供散步和遮蔭的空間，環繞著許多空地與廣場與公園——這些是皇家圖書館的「閱讀庭園」。有鋪石的庭院，整齊隱蔽，像個小修道院；有寬廣的公園，分布著小谷、小丘、樹叢、開闊草坪、兩旁開花灌木夾道的林間綠草小徑。每一處都非常安靜，從不擁擠，你可以在那裡跟朋友談話，或進行小組討論；庭園某處通常會有詩人大喊大叫，但想好好獨處的人也絕對能得其所哉。每處院落和中庭都有噴泉，有的是沉默潺流的水池，有的是一系列高高低低、讓水傾洩而下的水盆。一條清澈溪流的許多分支流遍若干較大的公園，不時還有小小瀑布。處處都聽得到水聲。這裡提供不惹眼的舒適座位，是可以移動的小椅子，有些沒有腿，只有帆布罩在框架上形成座位和椅背，讓你可以直接坐在短草綠地上讀書，背後還有東西可以靠；樹蔭和拱廊下也有桌椅和躺椅，而且每個座位都有插孔，可以接上閱讀器。

瑪熙古的氣候乾爽宜人，夏天和秋天都熱。春天下著綿綿細雨，拱廊之間便架起巨大的遮雨棚，好讓人依然能坐在戶外，聽小雨打在頭頂的帆布上，讀累了就抬頭看看樹、看看遮雨棚外的淺色天空。或者你可以找一處安靜的灰色庭院，在四周的石拱下坐定，看雨滴落在庭院中央長滿睡蓮的水池。冬天常起霧，不過並不冰冷，而是薄霧，霧裡仍感受得到陽光的溫暖，就像白蛋白石內的顏色。霧氣使草坪斜坡和又高又黑的樹木變得柔和，拉近它們的距離，帶來一種安靜又神祕的親密感。

因此，我到瑪熙古的時候總是去那裡，跟那些很有耐心、知識淵博的圖書館員打招呼，四處瀏覽，直到找到有趣的小說或史書。通常我看的都是史書，因為瑪熙古的歷史比許多地方的小說更精彩。那是一段悲哀而暴力的歷史，但在閱讀庭園這樣甜美寬容的地方，敞開心胸面對愚行、痛苦與悲傷不只成為可能，而且顯得明智。以下就是我在瑪熙古圖書館——溫和的秋日陽光中坐在溪畔草地，或者炎熱的夏日午後坐在沉靜隱密小中庭的陰涼樹蔭下——讀到的幾個故事。

無可計量的大沃鐸

大沃鐸是瑪熙古第四王朝的第五個皇帝，即位時，首都和全國其他城市已豎立了他祖父安鐸和父親道沃德的許多雕像。大沃鐸下令將這些雕像全重刻成他的模樣，還派人另塑無數座他自己的新雕像。龐大的採石場和作坊雇用數以千計的工匠，專為製造大沃鐸皇帝的理想化雕像。新雕像和改頭換面的舊雕像加起來實在太多，根本沒有足夠的臺座、柱基和壁龕可供安置，只好到處放在人行道、路口、廣場、廟宇和公共建築的臺階。由於皇帝繼續付錢讓雕刻師繼續雕刻、採石場繼續生產，不久雕像就多到不能一處只擺一個，於是在全國每個城鎮、眾多忙著過日子的人群中，便到處站著一批批、一群群動也不動的大沃鐸。連小村裡都有十來個大沃鐸，站在大街或小巷，與豬群雞隻為伍。

夜裡，皇帝常換上樸素的深色服裝，從一道祕門溜出宮殿。禁衛隊軍官隔著一段距離跟隨在後，負責護衛他夜間巡遊首都（當時叫做大沃鐸城）。他們和其他朝臣都多次目睹他的行為。皇帝會在首都的街道和廣場上走來走去，每碰到一個或一組自己的雕像就停下腳步，朝它們輕輕齜牙咧嘴，低聲出言侮辱，罵它們懦夫、笨蛋、戴綠帽、無能、白痴。經過雕像時，他會朝它吐口水；若廣場上沒有別人，他還會停下來朝雕像撒尿，或者尿在地上，然後動手挖起混著尿水的泥巴抹在自己的雕像臉上，也抹在讚頌他英明偉大的銘文上。

如果第二天有市民稟報皇帝的雕像遭到如此褻瀆，禁衛隊就會隨便逮捕一個本國或外國人——若沒有別的方便人選，便逮捕那個前來稟報的市民——指控他欺君犯上，嚴刑拷打，直到他死亡或招供為止。如果他招供，身為「上帝判官」的皇帝便會判他死罪，在下一次集體「正義處決」時行刑。這種處決每四十天進行一次，皇帝、御用僧侶和朝臣都會到場觀看。由於被害者是逐一絞死，整個典禮常長達好幾小時。

大沃鐸在位三十七年，後來在廁所被姪孫丹達絞死。

大沃鐸死後內戰爆發，他成千上萬的雕像大多被摧毀。山區一個小城的廟宇前，有一組雕像倖存了許多世紀，被當地人當成「內界的九福嚮導」加以膜拜。信徒將甜油抹在雕像臉上，經年累月使得雕像的五官徹底消失，頭部變成毫無輪廓的石塊，但還有相當數量的銘文保存下來，足以讓第七王朝的一名學者辨認出這些是無可計量的大沃鐸僅存的雕像。

歐比崔的清滌

歐比崔如今是瑪熙古帝國西部偏遠的一省，當年先被溫國併吞，後來溫國又被特洛二世併吞，歐比崔便成為帝國的一部分。

「歐比崔的清滌」始於約五百年前，當時歐比崔是民主政體，某任當選的總統的競選政見是將阿斯塔沙人趕出國境。

當時，有兩個民族已在歐比崔肥沃的平原上生活了一千多年：來自西北部的索沙人，以及來自西南部的阿斯塔沙人。索沙人被入侵者趕出家園，流離至此，而差不多同一時間，半游牧的阿斯塔沙人也開始在歐比崔的牧地定居。

歐比崔的原住民是提歐布族，被這兩批移民逼得退居山區，過著貧窮的放牧生活，保持古老原始的生活方式，而且沒有投票權。

索沙人和阿斯塔沙人各為歐比崔平原帶來一種宗教。索沙人五體投地膜拜名為阿夫的父神，阿夫教的儀式極為形式化，在廟宇中由僧侶主持。阿斯塔沙人的宗教則沒有主神，也沒有職業僧侶，主要包括恍惚出神、旋轉舞蹈、異象及小物神。

初抵歐比崔時，驍勇善戰的阿斯塔沙人把提歐布人趕進山區，從索沙族的屯墾者手中搶來最好的農地。但此處不缺肥沃土地，兩支入侵民族逐漸相安無事共存下來，沿河建造城市，有些城市住的是索沙人，有些住的是阿斯塔沙人。兩支民族通商交易，商業日漸興盛，不久便有索沙商人開始定居在阿斯塔沙城市，自成一區，阿斯塔沙商人在索沙城市亦然。

有九百多年的時間，這地區沒有中央政府，而是由若干城市國家和農業領地組成，貿易上相互競爭，不時為土地或信仰發生爭執或戰爭，但一般而言都戒慎地維持繁榮和平。

阿斯塔沙人認為索沙人遲鈍、笨拙、多詐、百折不撓，索沙人則認為阿斯塔沙人敏捷、聰明、坦白、難以預料。

索沙人學會演奏狂野吟嘯、充滿渴望的阿斯塔沙音樂，阿斯塔沙人則跟索沙人學會等高耕作和農地輪作。然而他們鮮少學習對方的語言——只學到足以做生意、討價還價的程度，一些罵人話，還有一些示愛的話。

索沙男孩和阿斯塔沙女孩瘋狂相愛，相偕逃家，令母親心碎。阿斯塔沙男孩和索沙女孩私奔，雙方家庭的咒罵漫天鋪地，如陰影般追在他們身後。這些逃家的年輕人前往其他城市，自成一個阿夫斯塔沙或索沙斯塔或阿斯塔索沙區，教育小孩五體投地膜拜阿夫，或者以旋轉舞蹈崇拜物神。阿夫斯塔沙人兩者皆做，過兩種不同的神聖節日；索沙斯塔人在阿夫的祭壇前隨著狂野吟嘯的音樂旋轉舞蹈；阿斯塔索沙人則五體投地膜拜小物神。

索沙人，那些不摻雜質的索沙人，以代代相傳的方式膜拜阿夫，大多住在農莊而非城市；僧侶告訴他們，神要他們生兒子以榮耀祂，因此他們的子女數目都很多，許多僧侶娶四五個妻子，生下二、三十個小孩。虔誠的索沙女人會向阿夫神祈求第十二個或第十五個孩子。相反的，阿斯塔沙女人只有在恍惚出神中，聽到自己身體的物神告訴她現在是受孕的好時機，才會生兒育女，因此小孩的數目很少超過兩、三個。於是索沙人的數目逐漸超過阿斯塔沙人。

約五百年前，歐比崔這些沒有組織的城市、小鎮、以及務農社群，受到北方虎視眈眈的溫國人的壓力，也受到東方瑪熙古帝國「伊達斯皮亞啟蒙運動」的影響，於是組織起來，首先形成聯盟，而後變成國家。當時很流行國家。歐比崔國採行民主政體，有總統、內閣、以及全國成年人皆有權投票選出的國會，國會的組成比例反映地區（鄉村和都市）及種族宗教團體（索沙人、阿斯塔沙人、阿夫斯塔沙人、索沙斯塔人和阿斯塔索沙人）的比例。

歐比崔的第四任總統是索沙人，名叫第優德，以不差的得票率當選。

儘管他的競選活動愈來愈強調反對歐比崔社會中「不敬神」和「外國」的成分，但許多阿斯塔沙人還是投給他。他們說想要一個強而有力的領導者，能夠對抗溫國人，整頓治安，解決城市人口過多和唯利是圖的問題。

不到半年，第優德已在內閣和國會的重要職位安插自己的心腹，控制軍隊，然後真正開始履行他的競選支票，展開全國人口普查，要求所有公民說明自己的宗教信仰（索沙、索沙斯塔、阿斯塔索沙、或異教）及血統（索沙人或非索沙人）。

接著，第優德把朵巴巴（該城居民主要為索沙人，位在幾乎清一色索沙人的農業地區）的國民衛隊調到阿蘇，後者是重要河港，幾個世紀以來索沙人、阿斯塔沙人、索沙斯塔人和阿斯塔索沙人都在這裡和平共處。衛隊開始將所有阿斯塔沙人——或者被新近定義為不敬神之「非索沙的異教徒」——趕出家門，只允許他們帶上在突遭掃地出門的怖懼之餘能匆忙抓起的東西。

衛隊將這些不敬神之人用火車載到西北邊境，關進營地牢房好幾週或好幾個月，然後用卡車或火車送到溫國邊界，趕下車，命令他們越過國界。他們背後有士兵拿著槍，只能聽命，但面前也有士兵：溫國的邊境駐軍。這情況第一次發生時，溫國士兵以為歐比崔人入侵，開槍射殺了好幾百人，才意識到這些「入侵者」大多是孩童、嬰兒、老人或孕婦，手無寸鐵，全都嚇得趴在地上爬，試圖逃走，哭著哀求他們饒命。有些溫國士兵照樣繼續開槍，因為原則上歐比崔人就是敵人。

第優德總統繼續一個城市一個城市地圍捕不敬神之人，大部分送到偏遠地區，成群關在名為教育中心的牢籠，據稱是要教育他們膜拜阿夫。教育中心環境惡劣，食物不足，大多數人關進去都活不到一年。許多阿斯塔沙人在圍捕之前逃往邊界，冒險乞求不一定會大發慈悲的溫國守軍。第一任任期結束之際，第優德總統已將國內五十萬阿斯塔沙人清滌殆盡。

仗著這份傲人記錄，他競選連任。沒有阿斯塔沙候選人敢參選。但第優德以些微票數敗給里優蘇克，他是住在鄉下、虔誠信教的索沙選民的新寵兒。里優蘇克的競選口號是「敬畏上帝的歐比崔」，他的標靶則是南方城鎮的索沙斯塔人，認為他們以舞蹈拜神的方式特別邪惡褻瀆。

然而南方省分的軍隊有很大一部份由索沙斯塔人組成，在里優蘇克任職的第一年就發動叛變，躲在森林和內城區的阿斯塔沙游擊隊後來也加入他們的行列。動盪和暴力四處蔓延，派系愈來愈多。里優蘇克總統在湖畔別墅避暑時遭到綁架，一星期後他飽遭凌虐的屍體出現在一條公路旁，嘴巴、耳朵、鼻孔裡都塞了阿斯塔沙的物神。

接下來的動亂中，一個名叫霍督斯的阿斯塔索沙將軍自立為代理總統，控制了四分五裂的軍隊中人數相當多的一批，發動「不敬神之異教無神論者的最後清滌」，如今對象包括阿斯塔沙人、索沙斯塔人以及阿夫斯塔沙人。只要是或被認為是或據說是非索沙人的人，他的軍隊一律格殺勿論，見一個槍斃一個，任其四處暴屍腐爛。

霍督斯一掌權便關閉大學，將阿夫教的僧侶指派為學校教師，但在後來的內戰中所有學校都關閉了，因為這是狙擊手和炸彈客最喜歡的目標。全國沒有安全的貿易道路，國境封閉，商業活動停擺，饑荒繼之而起，大規模流行病也接踵而至。索沙和非索沙人繼續互相殘殺。

內戰第六年，溫國人長驅直入北方省分，幾乎不費吹灰之力，因為所有身體健全的男女都因跟鄰人戰鬥而死。溫國軍隊橫掃歐比崔，解決若干仍有反抗勢力的地方，然後併吞整個地區。之後幾世紀，歐比崔一直是溫國轄下的一省。

溫國人輕蔑所有歐比崔宗教，下令一律膜拜他們的神，「多乳頭之偉大母神」。索沙人、阿斯塔索沙人和索沙斯塔人學會五體投地膜拜巨大的乳房雕像，少數倖存的阿斯塔沙人和阿夫斯塔沙人則學會圍繞著小型乳頭物神跳舞。

只有遠在山區的提歐布人一如往常，始終是貧窮的牧民，沒有任何值得打仗的宗教。歐比崔省因一部偉大的神祕主義詩作《上升》聞名於幾個次元，其不知名的作者就是提歐布人。

黑犬

廣大的葉葉森林有兩個部落，世代為敵。不管是霍阿族還是法林姆族，男孩們長大後都迫不及待，希望能光榮獲選前往襲擊對方——這是成人的象徵與標誌。

大部分的襲擊隊伍都會遇上對方部落的迎擊戰士，雙方在各個傳統戰場打鬥，包括他們居住的林丘和河谷空地。經過一番激烈戰鬥，六、七人或死或傷之後，雙方的戰鬥首領會同時宣稱勝利，然後兩族的戰士各自抬著死傷者回家，舉行勝利之舞。死去的戰士會安置一旁，背靠東西形成坐姿，看完勝利之舞才下葬。

有時候，由於溝通出了問題，襲擊隊伍沒碰上迎擊的戰士，只好衝進敵人的村子，殺死男人，擄走女人和小孩當奴隸。這種工作很不愉快，除了襲擊隊伍方會有很多人送命，也常造成對方村內老弱婦孺的死亡。雙方一致認為最好能讓被襲者知道襲擊者要來，這樣戰鬥和殺戮就可以在戰場上好好進行，不至於失控。

霍阿族和法林姆族沒有家畜，只有一種類似㹴犬的小型狗，養來捉小屋和穀倉裡的老鼠。他們的武器是青銅短劍和木質長矛，以獸皮為盾。跟奧狄修斯[1]一樣，他們將弓箭用於運動和打獵，但不用於戰場。他們在林間空地種穀物和根莖蔬菜，每五、六年遷村一次，另覓新的耕作地點。種田、採集、做菜、搬家和其他工作一律由女性負責，不過這些活兒不叫工作，只是「女人做的事」。女人還要負責釣魚。男孩設陷阱捉林鼠和蹄兔，男人獵捕森林裡的紅棕色小型鹿，老男人決定什麼時候耕作、什麼時候遷村、什麼時候派人襲擊敵方。

許多年輕男人都死於襲擊行動，因此不會剩下很多老男人對這些事發生爭執；萬一他們真的為耕作或遷村的事吵起來，總還可以同意再派人出去襲擊。

打從開天闢地以來，事情就一直這樣進行，每年襲擊一、兩次，雙方都慶祝勝利。即將襲擊的消息通常早早就洩漏出去，襲擊隊伍行進間也高聲唱著戰歌；於是戰爭只在戰場上進行，村落不受損傷，村民也只需為戰死的英雄哀悼，並宣示永遠與可惡的霍阿族（或可恨的法林姆族）不共戴天。這一切都很令人滿意，直到「黑犬」出現。

法林姆族聽說霍阿族派出了一大群戰士，於是所有法林姆戰士脫光衣服，抓起劍、矛、盾，高唱戰歌，沿著森林小徑衝向人稱「鳥溪旁」的戰場。在那裡，他們碰上了剛跑到的霍阿男人，對方也赤身裸體，拿著矛、劍、盾，高唱戰歌。

但霍阿族人前面還有一樣怪東西：一頭巨大的黑狗。那狗的背部高及人腰，頂著一顆龐然巨頭，邁著大步奔跑，眼發紅光，張開的長牙大嘴流著白沫，發出可怕的狺狺低吼。牠攻擊法林姆的戰鬥首領，一躍而起直撲胸口，將他撞倒；儘管他徒然試著用劍刺那狗，喉嚨還是被咬斷。

這可怕的事件完全出乎意料，不符傳統，法林姆人嚇呆了，全動彈不得，戰歌聲也為之沉寂。他們幾乎沒抵抗霍阿人的攻擊，又死了四個男人和男孩——其中一人被黑犬咬死——之後，才恐慌奔逃，四散跑進森林，沒有停下來把死者抬回去。

這種事以前從來沒有發生過。

因此，法林姆族的老男人必須進行非常深入的討論，才能下令展開報復襲擊。

1 Odysseus，希臘傳說中的英雄，史詩《奧狄修斯漂流記》（Odyssey）的主角。

由於襲擊結果永遠是勝利，所以通常好幾個月、有時甚至一年後，才需要再來一場戰爭讓年輕男人保持英勇士氣；可是這次不一樣。法林姆人被打敗了。他們的戰士只能夜裡悄悄回到戰場，恐懼顫抖地抬回死者；他們發現屍體殘缺不全——一具屍體的一隻耳朵被咬掉，戰鬥首領的左手臂被吃了，骨頭散亂一地，上面都是齒痕。

法林姆的戰士急需贏得一場勝利。老男人連唱了三天三夜戰歌，然後年輕男人脫光衣服，拿起劍、矛、盾，臉色凝重，高唱戰歌，沿著森林步道跑向霍阿族的村莊。

但他們還沒走到沿途的第一個戰場，可怕的黑犬就出現在樹下的狹窄小徑，朝他們奔躍而來，後面跟著霍阿族的戰士，高唱戰歌。

法林姆族的戰士沒有打鬥，轉身就跑，四散逃進森林。

入夜很久之後，他們才東一個西一個回到村裡。女人沒跟他們打招呼，只沉默地端出食物。孩子避開他們，躲進小屋。老男人也都待在小屋裡，哭泣。

戰士們一個個獨自躺在睡蓆上，也哭了。

星光下，女人們在曬物架旁交談。「我們全會被抓去當奴隸。」她們說。「變成可惡的霍阿族的奴隸。我們的小孩也會變成奴隸。」

然而，隔天、再隔天，霍阿族都沒有前來襲擊。等待非常難熬。老男人和年輕男人聚集交談，決定必須襲擊霍阿族，殺死黑犬，就算因此而死也在所不惜。

他們整夜高唱戰歌。到了早上，法林姆戰士全數出發，臉色凝重，但沒有唱歌，沿著最直的一條小徑前往霍阿族村落。他們沒有跑，只踩著穩定的步伐前進。

他們一直注意前方，張望又張望，等著黑犬出現在小徑，一雙紅眼，口吐白沫，滿嘴發亮的利齒。他們恐懼地張望著。

狗的確出現了。不過牠並沒有朝他們飛撲而來、咆哮低吼，只是從樹林間跑到小路上，停步片刻，回頭看看他們，一聲不吭，那張可怕大嘴彷彿帶著笑。然後牠在前方小跑起來。

「牠在逃離我們。」阿胡叫道。

「牠是在帶領我們。」戰鬥首領余說。

「帶領我們去死。」年輕的吉姆說。

「帶領我們迎向勝利！」余叫道，高舉著矛跑了起來。

他們跑到霍阿族的村落時，霍阿男人才知道有人前來襲擊，衣服都來不及脫就連忙迎戰，沒準備好，也沒拿武器。黑狗撲向第一個霍阿男人，將他撞倒在地，開始撕咬他的臉和喉。村裡的婦孺尖叫，有些逃走，有些抓起棍棒試圖攻擊入侵者，一片大亂，但當黑犬放開第一個受害者，開始衝向村民時，大家全逃了。法林姆戰士跟在黑犬後面進入村落，一下子就殺死好幾個男人，擄走兩個女人。然後余大喊：「勝利！」他手下的所有戰士也大喊：「勝利！」便轉身打道回府，扛著俘虜，沒抬死者，因為他們一個人也沒死。

排在最後面的戰士回頭看小徑，黑犬跟在他們後面，嘴裡流下白色口水。

回到法林姆，他們舉行了勝利之舞。然而這場勝利之舞並不令人滿意：沒有死去的戰士被架起來坐在那裡，冰冷的手裡握著血淋淋的劍，觀看並讚許跳舞的人。兩個俘虜低著頭，摀著眼哭泣。只有坐在樹下的黑犬看著他們，咧嘴而笑。

村裡所有的捕鼠狗都躲到小屋下。

「我們很快就會再襲擊霍阿！」年輕的吉姆大喊。「我們會跟隨『靈犬』，迎向勝利！」

「你們要跟隨我。」戰鬥首領余說。

「你們要聽我們的建議。」年紀最大的印法說。

女人保持蜂蜜酒罐常滿，讓男人喝得大醉，她們沒有參加勝利之舞，一如往常。她們在星光下聚在曬物架旁交談。

男人全醉倒之後，那兩個被擄的霍阿女人想趁暗悄悄溜走，卻被齜牙咧嘴、狺狺低吼的黑犬擋住，嚇得只好退回來。

有幾個女人從曬物架旁走去把她們帶來，雙方開始交談。法林姆和霍阿的女人說的是兩族相通的女人語，兩族的男人語則不相同。

「這狗是哪裡來的？」印法的妻子問。

「我們不知道。」年紀較大的霍阿女人說。「我們的男人出門襲擊時，狗自己出現了，跑在他們前面，攻擊你們的戰士。第二次也是這樣。因此我們村裡的老男人就拿鹿肉、活蹄兔和捕鼠狗餵牠，稱牠為『勝利之靈』。今天牠反過來對付我們，讓你們的男人獲得勝利。」

「我們也可以來餵狗。」印法的妻子說。女人們討論了一會兒。

余的阿姨走回曬物架，取下一整塊風乾的煙燻鹿肩，印法的妻子在肉上塗了些醬膏，然後余的阿姨拿著肉走向黑犬。「來吃吧，狗狗。」她說著，把肉丟在地上。黑犬咆哮著走來，一口咬住肉塊，開始撕啃。

「乖狗狗。」余的阿姨說。

然後女人都回小屋去，余的阿姨把俘虜帶回自己家，給她們睡蓆和薄被。

翌晨，法林姆的戰士宿醉頭痛、全身痠疼地醒來，看見也聽見村裡的小孩全聚成一團，像群小鳥般吱吱喳喳。他們在看什麼？

原來是黑犬的屍體，僵硬發黑，被一百枝魚叉從頭到尾刺了個遍。

「這是女人們做的。」戰士們說。

「用下毒的肉和魚叉。」余的阿姨說。

「我們沒有建議你們這麼做。」老男人們說。

「但是，」印法的妻子說：「事情已經做了。」

從此之後，法林姆和霍阿兩族每隔一段合理的時間便互相襲擊，在傳統習慣的戰場上決一死戰，勝利地抬著死者回來，讓死者看他們跳勝利之舞。大家都很滿意。

艾隆河兩岸的戰爭

古時候，瑪熙古有兩個城市國家，嵋宇和蕙裔，在商業、學術和藝術方面互不相讓，也為兩國牧草地的邊界吵個不休。

嵋宇的開國神話是這樣：女神塔芙跟一個名叫嵋的凡人牧童共度了特別愉快的一夜春宵，便以自己的藍色星空披風相贈，告訴他，只要攤開披風，披風覆蓋之處就會成為一座偉大城市，而他將是城主。嵋心想這城市恐怕不大，大概只有五呎長、三呎寬，但他還是挑了父親牧地的一塊好地方，把女神的披風鋪在草地上。結果，看哪，披風無盡延伸，他愈是把它攤開，沒攤開的部分就愈多，最後覆蓋了兩條河——較小的烏濃河和較大的艾隆河——之間的整片丘陵。他把邊界標示清楚之後，星空披風便飛上天，回到女神手中。嵋是個進取有為的牧童，建立了一座城市，統治了很長一段時間，成績斐然；他死後，城市繼續蓬勃發展。

蕙裔的開國神話則是這樣：一個溫暖夏夜，名叫蕙的處女露天睡在父親的耕地上，布爾特神從天庭往下一望，看見她，可說不假思索就侵犯了她。蕙大怒，拒絕他行使這種初夜權[2]，還揚言要告訴他妻子。為了安撫她，布爾特說她會為他生一百個兒子，這些兒子會在她失去貞操的地點建立起一座偉大的城市。聽到自己懷了多得離譜的小孩，蕙更加生氣，立刻去找布爾特的妻子，也就是女神塔芙。塔芙無法抹消布爾特已經做下的事，但是可以稍加更動。後來蕙生下一百個女兒，她們長成進取有為的年輕女子，在外公的農莊上建立了一座城市，統治了很長一段時間，成績斐然；她們死後，城市繼續蓬勃發展。

不幸的是，蕙父親農莊的西界有一段呈弧形，越過河岸，跟塔芙的星空披風覆蓋的東緣重疊。

這塊爭議土地位於河的西岸，呈新月形，最寬處約有半哩。吵了一代之後，帽和蕙的子孫去找爭議的起點評理，也就是女神塔芙和她丈夫布爾特。但此事該如何解決，這對神祇夫婦各持己見，事實上他們對什麼事都意見不合。

布爾特支持蕙裔人，什麼論點都不肯聽。當年他告訴蕙說她的後代將擁有這片土地、統治這座城市，所以事情就是這樣，就算她生下的小孩都變成女兒也沒差。

塔芙比較公平，然而對丈夫那多達一百個私生女也不怎麼有好感，說她把披風借給嵋比布爾特強暴蕙要早，所以嵋先到先得，地是他的，事情就是這樣。

布爾特跟幾個孫女商量一番，她們指出，河西那塊土地本來就屬於蕙家的農場，至少比塔芙把披風借給嵋要早了一個世紀。孫女們說，披風稍稍延伸到蕙父親的土地上無疑只是一時疏忽，蕙裔城願意既往不咎，只要嵋宇城小小賠償一下，付給她們六十頭公牛和十堆黃金即可。其中一堆會打成金箔，覆蓋在蕙裔城「布爾特大神廟」的祭壇上。這樣就好了。

塔芙沒跟任何人商量，只說，當初她說那城市的土地包括披風覆蓋的所有部分，就要說話算話，一吋不多，一吋不少。如果嵋宇城的人民想用金箔覆蓋「星空塔芙殿」的祭壇（這他們已經做了），那很好，但並不會影響她的決定，她的決定是基於不可更改的事實，有神祇的正義撐腰。

這時，兩個城便開始動武；從此之後，文獻中不再有布爾特和塔芙對此事件扮演任何角色的紀錄，儘管嵋宇和蕙裔兩城的後代和信徒始終激切地援引他們的名字。

2 原文droit du seigneur，源自法文，指中古時代封建領主有權享用臣僕新娘的初夜。

接下來兩代，爭議持續發酵，有時蕙裔人會武裝渡河侵襲西岸那塊土地。河本身有段約一哩半長的部分也有爭議。艾隆河最淺之處寬約三十碼，流經五呎高的兩岸之處則比較窄。爭議所在的這段河道北端有些水潭，可以釣到很好的鱒魚。

蕙裔人的侵襲總是遇上嵋宇人的強烈抵抗。蕙裔人一旦成功占據艾隆河西那塊土地，就會沿河蓋起一道半圓形的牆將之包圍。然後嵋宇男人便聚集起來發動攻擊，把蕙裔人趕回艾隆河對岸，拆除牆，再沿著河東岸蓋起一道一哩半長的牆。

但那段河是蕙裔牧人習慣趕牲口去喝水的地方。他們會立刻動手拆除嵋宇人的牆。嵋宇弓箭手朝他們射箭，有時射中人，有時射中牛。蕙裔人群情激憤，再度衝出城門，奪回艾隆河西那塊土地。然後有人插手，希望促成兩邊談和。嵋宇的「父親議會」祕密集會，蕙裔的「母親議會」祕密集會，雙方下令戰士撤退，派出使者和外交人員穿梭在艾隆河兩岸，試圖達成協議，然後失敗。或者有時候他們會成功，可是接著就有某個蕙裔牧童帶牛過河，到有史以來牛群都一直在那裡吃草的豐美草地，結果越界的牛都被幾個嵋宇牧童趕回自己城裡，蕙裔牧童便衝回家，發誓以布爾特的怒火懲罰那些小偷，奪回自己的牛。不然就是在牛群渡河處上游，寧靜水潭旁釣魚的兩個人會為了河的歸屬權吵起來，氣沖沖分別回到自己城裡，發誓趕走那些來偷釣我們家魚的人。於是一切又重新開始。

這些侵襲行動傷亡不多，卻還是造成兩城年輕男子相當程度的折損。最後蕙裔的女議員們決定必須一舉治癒這個不停流膿的傷口，同時又不造成流血衝突。一如很多時候，發明是發現之母。蕙裔城的銅礦工最近剛發展出一種強力炸藥，女議員們認為這就是結束戰爭的契機。

她們派出一大群工人，在弓箭手和矛手的護衛之下拚命挖土，把炸藥埋進地下，短短二十六小時就改變了有爭議的那整段一哩半長的艾隆河道。他們用炸藥砌成水壩擋住河水，另挖一條河道，讓水沿著他們宣稱的邊界流成一道弧形。這條新河道在原址以西，吻合他們蓋過很多次、也被嵋宇人拆過很多次的牆的遺跡。

然後她們派出使者越過草地前往嵋宇，有禮而正式地宣布，兩城已經恢復和平，因為蕙裔可以接受嵋宇人來到向來宣稱的邊界——也就是艾隆河東岸，只要蕙裔的牲口能夠去東岸的若干飲水處喝水即可。

嵋宇議會有不少人願意接受這個解決方案。他們承認狡猾的蕙裔女人拐走了他們的土地，然而那只是一小塊牧地，長不到兩哩、寬不及半哩，而且如此一來，嵋宇人在艾隆河水潭的漁權就不會再有爭議。他們勸大家接受這條新河道，但有些人的心智比較堅定，拒絕屈服於機巧詭計。總議長發表一篇演說，力陳那片珍貴土地的每一吋都浸滿嵋的子孫的鮮血，由塔芙的星空披風賜予神聖地位。這場演說扭轉了投票結果。

嵋宇人尚未發明非常有效的炸藥，不過恢復自然河道比引導水流向人工河道簡單。一群熱血沸騰的公民拚命挖土，在弓箭手和矛手的護衛下，一夜之間就恢復了艾隆河原先的河道。

他們沒有遭遇抵抗，沒有發生流血衝突，因為蕙裔議會一心求和，禁止衛兵攻擊這些嵋宇人。站在艾隆河東岸，沒有遭遇抵抗，總議長聞到了勝利的氣息，喊道：「衝啊，弟兄們！一口氣除掉那些狡詐的婊子吧！」於是，史書上說，眾人一聲大喊，嵋宇的弓箭手和矛手便衝過半哩草地，直逼蕙裔城牆，後面跟著許多前來幫忙恢復河道的公民。

他們衝進蕙裔，可是城裡的守衛並非毫無防備，城裡的居民也奮戰保衛家園。經過一小時血腥戰鬥，總議長被殺——有個憤怒的主婦把四十品脫的奶油攪拌器推出窗外，掉在他頭上把他砸死了；嵋宇人潰不成軍地退回艾隆河，重新組織，勇敢地守在河邊直到入夜，然後被趕回河對岸，躲回自己城內。蕙畲的守衛和公民沒有試圖闖進嵋宇，只是回過頭去整夜埋炸藥、挖土，讓艾隆河恢復往西彎曲的新河道。

由於破壞性的科技總是具有高度傳染性，因此，不可避免的，嵋宇人也發現了怎麼製造跟對手一樣強力的炸藥。不尋常的也許是雙方竟都沒選擇用炸藥當武器。嵋宇人一準備好炸藥，軍隊便在新設的護河總長的率領下來到河邊，炸毀擋在艾隆河昔日河床上的那座水壩。河水沖回原先的河道，軍隊返回嵋宇。

蕙畲的女議員們失望又懷恨，新指派一名「首席工程師」，在工程師指揮下，守衛出城進行了一些複雜的炸藥工程，擋住舊河道並加深新河道，讓艾隆河又高高興興流回新河道。

此後，這兩個城市國家的領土主張幾乎完全用炸藥來表達。由於技術進步，炸藥的威力愈來愈大，能炸開的土地範圍也愈大，因此也造成許多士兵、公民及牛隻死亡；但儘管如此，這些炸藥從沒被用作地雷或蓄意殺人，唯一目的只在於達成嵋宇和蕙畲的偉大目標：改變河的流向。

有將近一百年，這兩個城市國家將絕大部分的精力和資源都投注在這個目標。

及至該世紀末，這地區的地形已發生了無可逆轉的巨大改變。以前，小小的艾隆河旁柳樹夾岸，有平緩的青翠草坡，清澈水潭裡游著鱒魚，岩岸部分則河面縮窄，牲口將喝水和渡河的地方踩出一片泥濘，牛隻常站在清涼淺水中，半身泡在水裡發呆做夢。然而現在這些都沒了，取而代之的是一座峽谷，一道巨大深淵，寬達半哩，深近兩千呎。兩旁的峭壁都是裸露泥土和碎裂岩石，草木不生；因為一天到晚反覆爆破，地質極不穩定，又遭受冬季雨水沖刷，落石和山崩不斷，阻塞了谷底那滿是淤泥的棕色水流，迫使它改道侵蝕對面崖壁，造成更多山崩和水土破壞，就這樣導致峽谷愈變愈寬、愈變愈長。

如今嵋宇和蕙裔兩城離懸崖邊緣都只有幾百碼距離。隔著這道吞噬了他們的牧地、田野、牲口和大量黃金的深淵，雙方互相叫罵。

儘管河和整塊有爭議的土地都已掉到這座巨大淒涼的泥石峽谷底，繼續爆破也不會有任何收穫，但習慣的力量仍然強大。

戰爭遲遲不肯結束，直到一個可怕的夜晚，突然間，嵋宇的半座城一陣抖動，傾斜，就這麼滑進了艾隆大峽谷。

造成峽谷東壁不穩的炸藥，並非由蕙裔的首席工程師下令安裝爆破，而是嵋宇的護河總長。然而在慘遭橫禍、驚懼不已的嵋宇人看來，這場災難仍然不是自己的錯，而是蕙裔人的錯：都是因為有蕙裔人存在，護河總長才會安裝那些放錯地方的炸藥。而蕙裔城許多公民連忙越過艾隆，往北或往南走了好幾哩，渡越峽谷較淺的地方，趕來幫助那場吞沒了半個嵋宇的嚴重土石流的生還者。

他們誠心慷慨的舉動產生了效果，兩城宣布停火。而後，停火變成和平協議。

從此之後，嵋宇和蕙裔的競爭雖然依舊激烈，但不再具有爆炸性。他們如今沒有了牲口和牧地，便靠觀光業過活。嵋宇城僅存的部分緊鄰大峽谷西緣，有著位置險要、風景壯麗的優勢，每年吸引數以千計的訪客。不過這些訪客大多在蕙裔住宿，因為那裡的食物比較好，而且只要走一小段路就能抵達峽谷東緣，俯瞰遼闊的峽谷和舊嵋宇城半遭淹沒的遺跡。

兩城各有一條蜿蜒小徑，讓觀光客騎驢而下，穿過峽谷中的嶙峋岩石和奇形怪狀的高聳泥堆，可以來到小小的艾隆河旁，河水現已恢復清澈，在深峻谷底流動，不過牛隻和鱒魚已不復見。觀光客在河岸草地上野餐，聽蕙裔嚮導講述「布爾特的一百個女兒」這個有趣傳說，或者聽嵋宇嚮導講述「塔芙的星空披風」這個好玩神話。然後大家便騎著驢慢慢往回走，回到上方的光亮中。

歡樂無比

我最近才知道某個次元是有限制的，這令我大為震驚。我一直以為，只要學會希妲．杜立普轉換法，就可以從任何機場去到任何次元，有著可說無窮無盡的選擇。《次元百科》的頻繁更新，也證明已知次元的數量不斷增加。我還以為所有次元都可以從所有其他次元前往（只要條件適合），直到蘇莉表姊告訴我「假日次元™」的存在。

這個次元只能從某些機場前往，這些機場全位於美國境內，大部分集中在德州。達拉斯和休士頓還有「假日次元俱樂部休息室」，專門接待前往這個特別目的地的旅遊團。至於那些休息室會怎麼造成次元旅行所需的壓力和消化不良，我實在不大想知道。

我也並不想造訪那個次元，但蘇莉表姊已經連著好幾年都去那裡玩。告訴我那個次元的事時，她正準備再度前往，於是應我要求，好心地帶回一整個托特包的摺頁、手冊、宣傳品，這篇文章的資料就是從中得來。他們還有網站，可是網址似乎說改就改，沒個準。

關於該地的歷史起源，我們只能用猜的。照那些手冊的日期看來，其歷史最多不超過十年。我想像中它的起源場景如下：一群商界人士在德州某機場遇到班機誤點，在那個只供頭等艙和商務艙乘客消費、其他閒雜人等一律止步的酒吧聊了起來，其中一人建議大家都來試試希妲．杜立普轉換法。由於經驗不足或亂闖蠻幹，他們發現自己來到的不是受歡迎的觀光次元，而是一個連羅爾南的《次元指南》都沒列出的次元。在他們看來，這地方是片處女地：未經探索、未經發展的第三世界次元，就等著企業的魔法加以開發利用，點石成金。

我想像當地人散居許多小島，不是非常窮，就是好客到致命的地步，再不然就兩者皆是。顯然他們準備好也願意接受新的生活方式，不管是因為天真地希望獲利還是喜歡新奇事物。總之，無論有沒有準備好，他們學會了一個口令一個動作，言行舉止都遵照「歡樂無比股份有限公司」教導的方式。

「歡樂無比」聽來有種中國氣氛，不過蘇莉表姊拿給我的所有文宣資料都是在美國印製。「歡樂無比股份有限公司」擁有該次元名稱的註冊商標，並發行新聞稿，除此之外我對之便一無所知，也沒試著去調查，因為沒有用。股份有限公司是沒有相關資訊的，只有相關的不實資訊。就算公司垮了，內爆成一處隕石坑似的斷壁殘垣，瀰漫著氣急敗壞股東的心焦火燎味，四周被國會議員和其他政府官員手牽手團團圍住，身上掛著黃帶子標明「私人產業，禁止擅闖，非請勿入，不可在此打獵、釣魚或查帳」——就算到了那時候，也找不到真相。

如果宣傳資料可以相信，那麼「歡樂無比」的世界主要是一片溫暖的淺水海域，散布許多小島。那些島看起來比我們太平洋的火山島地勢平坦，比較像大沙洲。氣候據說溫暖宜人。那裡一定有（或者一定曾經有）原生的動植物，不過廣告中絲毫未提，照片裡只有種在大花盆的棕樹和椰子樹。資料也完全沒提到當地居民，除非你認為「多采多姿的友善本地人」這種句子算數。

那裡最大的島，或至少廣告資料最多最詳盡的島，是耶誕島。

那就是蘇莉表姊一有機會便去的地方。由於她住在南卡羅萊納州鄉下，女兒住在聖地牙哥，兒子住在明尼亞波利，因此這種機會還滿多的，只要確保在正確的地方轉機，包括德州各主要機場、丹佛，以及鹽湖城。她的兒子女兒預期她每年八月來訪，因為她喜歡在那時候買聖誕禮物，然後十二月初她可能也會去一趟，因為她會慌張自己八月漏買了一些東西。

「光是想到耶誕島，我就有了過節的心情！」她說。「哦，那真是個好快樂的地方！而且價錢真的跟沃爾瑪[1]一樣便宜，東西又比沃爾瑪多得多。」

儘管氣候據說溫和又晴朗，但耶誕市、耶誕鎮和小小村所有的商店櫥窗都綴滿冰霜，窗臺永遠積著雪，窗框掛著樅樹和冬青枝葉做成的花圈，幾十座塔樓不斷傳出串串鐘聲。蘇莉表姊說塔樓下沒有教堂，只有批發大賣場，不過塔樓還是很漂亮。所有的批發賣場和擁擠街道都充滿耶誕頌歌聲，不斷飄揚在購物觀光客和本地人的頭上。照片裡的本地人身著類似維多利亞時代的服裝，男人穿長尾外套戴高禮帽，女人穿撐架裙，男孩玩滾鐵輪，女孩玩布娃娃。本地人填滿街上的空位，高高興興、匆匆忙忙地四處走，

1 Wal-Mart，美國連鎖大賣場，以占地寬廣、價格低廉著名，但由於勞工福利欠佳以及擠壓小店生存空間等原因，近年來爭議不斷，屢遭抵制。

確保沒有一條街空蕩、沒有一個廣場冷清。他們趕馬車載遊客四處觀光、叫賣一束束槲寄生、清掃街道。蘇莉表姊說他們講話總是好客氣，我問他們說什麼。他們說：「耶誕快樂！」或「晚上好！」或「桑滴包優搭家！」她不確定最後這句是什麼意思，但聽她照那個發音覆誦，我想我聽懂了。

耶誕島上一年到頭都是耶誕夜，耶誕市和耶誕鎮的所有商店（手冊上說共有兩百二十家）都是全年無休、二十四小時營業。

「我們這裡那種又小又俗的『全年都是耶誕節』的店，」蘇莉說：「那裡完全沒有。我說真的。告訴你哦，耶誕市有一家店就只賣袋子。你知道，就是那種漂亮的紙袋嗎？還是錫箔或塑膠袋？就是用來裝你沒時間包的禮物，或者形狀奇怪不好包的禮物？只要把東西放進袋子，再加上一些捲捲的、蓬蓬的裝飾緞帶，就漂亮得不得了，而且如果把它疊好收好，還可以留到明年再用。」

買完東西，蘇莉會到「天使角」喝茶，那是一個像小禮拜堂的地方，就在她住的「小鼓手旅店」裡——她說「齊來崇拜旅店」也很好，可是太貴了——然後再到小小村走一趟，犒賞自己。她說小小村是她「全世界最喜歡的地方」。

如果時間夠，她會搭單匹馬拉的雪橇，沿著「耶誕樹大道」前進，路兩旁排滿種在大花盆裡的樅樹，永遠積著人造雪，因為那裡不會下雪。至於樅樹之外的景致，蘇莉表姊不大清楚。「哦，就是很多沙吧，像松林沙地[2]那樣，」她說：「只是沒有松樹。但你真該聽聽那些鈴鐺叮叮噹的聲音！而且你知道嗎，拉車的馬尾巴總是截得短短的？就像歌裡唱的那樣？」

如果時間有限，她就從耶誕市搭「耶誕快捷」的噴射電車去小小村。在小小村裡必須步行，若你不方便或不想走路，也可搭乘兩側開放式的「耶誕老人列車」，由地精駕駛，在各個景點之間不斷巡迴。

小小村裡有塔樓也有教堂，而且還是耶路撒冷、羅馬、瓜達路佩、亞特蘭大、鹽湖城等地著名教堂的複製品。村民穿著我表姊所謂的「類似聖經時代的衣服」，在一處熱鬧的市場擺攤，賣薄荷糖手杖、彩帶糖、玩具、工藝品、紀念品；孩童在小屋門前的院子裡打鬧，偶爾還有牧羊人趕著一小群綿羊過街。一出村外，就是宣傳手冊以充滿敬意

2 pine barren，指美國南部只適合生長松樹的沙地。

的鮮活語言描述的行程高潮：馬槽。

講到這裡，蘇莉表姊有點淚意了。「那裡感覺像戶外，因為走進一個大帳棚之類的地方，就像馬戲團，你知道？但比較像那個叫什麼的？觀星劇場？對，觀星劇場。可以看到黑色夜空，頭上還有**星星**那樣？就算外面是晴朗的大白天，那裡面還是夜晚和星星。還有那顆最重要的星，『耶誕星』，就那麼亮閃閃地掛在那座怪可憐的樸素小馬槽上。哦，我們的『第一浸信會』草坪演出跟人家真是沒得比。我說真的。實在太美了。還有那些動物。不是一兩隻綿羊哦，而是**整群整群**的綿羊，也有牛、驢、駱駝，而且都是**真的**。那些人也是真的！活生生的真人。還有那個可愛的小寶寶！哦，我知道他們一定只是演員，靠這個吃飯，可是我真的覺得他們因此受到祝福，儘管他們自己可能不知道。我跟其中一個扮約瑟的人說過話，我在村裡一家可愛小屋的門口看見他。我見過他扮約瑟不只一次，他長得很好看，大概五十歲，一張和藹的臉，你知道約瑟不知怎麼就不像其他人那麼令人敬畏？要是換成三聖王，我才不敢找人家講話。那個小小的瑪利亞也是天使似的，不像這個塵世的人。但約瑟似乎就比較平易可親。所以我跟他打招呼，他露出微笑，用那種外國人的方式揮手，用那種外國口音說**爺誕乖辣**！他們真的每個人都好好，真正展現了耶誕精神。」

蘇莉告訴我，她覺得不能帶病童去耶誕島實在很可惜。「那些可憐的小傢伙等不到幾個月之後耶誕老人來——要是他們能看到耶誕鎮的『耶誕老人趕雪橇』就好了！每天晚上九點和十一點都有，那些馴鹿噠噠噠躍過『溫暖之家』的屋頂，你在鎮中央的廣場或閉路電視上都看得到，然後耶誕老人跨下雪橇，就這麼鑽進煙囪冒出來，像上下顛倒的驚奇玩偶盒[3]一樣——他們要是看到，一定會很開心吧？而且魯道夫的鼻子亮得跟車尾燈一樣！但好像沒辦法把生病的小孩帶去那裡，這通常會讓他們太不舒服，儘管這個行程已經以科學方式確保成人一定能抵達那裡。你知道，我才不會隨便跑去其他次元，天知道我會流落到哪裡！耶誕島是掛保證的目的地。只是實在很可惜，總不能讓生病的可憐小孩在繁忙的機場裡難受又擔心，儘管到了那裡他們一定會很開心。」這時軟心腸的蘇莉嘆口氣。「我配不上這麼好的東西。」她說。「你知道，有時候我會想以後不要再去了？我不應該再去的，太貪心了。我應該乖乖等耶誕節來臨。可是從今年十二月到

3 jack-in-the-box，指一打開盒蓋便有人偶彈跳出來的玩具。

明年十二月，中間實在隔太久了……」

「歡樂無比股份有限公司」的次元還有其他假日島嶼。蘇莉表姊只去過復活節島，卻不大喜歡那裡，也許是因為當時她快感冒了，又記掛著從丹佛飛往西雅圖的班機。當時她相當冒險，轉換次元的時候人已經坐在飛機上，而飛機困於大風雪一直無法起飛，正在進行第三次除霜。「那實在不是適合旅行的時機。」她說。

該島的宣傳手冊封面是一座沙丘，丘頂有一排熟悉的皺眉巨石像，就像南海的復活節島。我表姊似乎漏看了那些石像，不然就是視而不見。「我猜當時我是想找一些比較神聖的東西？」她說。「那些俄國皇帝的彩蛋展覽我倒是很喜歡，紅寶石啦、黃金啦，很漂亮。但誰知道皇帝要那麼多蛋幹嘛。我在哪裡讀到過，說這樣可以讓他們屹立不搖。挺奇怪的。我想他們大概是共產黨吧。不過說到兔子？老天！到處都是兔子，隨便走都會踩到。從以前在奧古斯塔，詹姆斯試著養兔子賣給肉店那時候，我就沒喜歡過兔子，是弗瑞德．英格里說服他的，可是兔肉根本沒什麼市場，然後詹姆斯長了腫瘤，那些兔子也得了某種兔子病，一星期就死光光了，蒼蠅似的一下子全死掉，不剩半隻，我又沒辦法清理那一整團可怕的混亂，只好放火把養兔子的小屋燒個一乾二淨。哦，天哪。我不想回想那件事……唔，總之。那裡有很多小雞啾啾叫、滿地跑，牠們很可愛。而且『跳跳市場』那些籃子簡直美呆了。只是我買不起太多東西，而且天氣好熱！害我一直在想丹佛的那場暴風雪。當時我就是心情不對吧，我猜。**太多**蛋和兔子了。」

從宣傳資料看來，耶誕、復活和四日[4]是最大、發展最完善、人口最多的三個島。「萬聖節！」的手冊相當樸素，重點放在全家同歡，顯然是針對困在機場裡的父母和小孩。

從照片看來，萬聖節！島上滿地南瓜，我分不出是真貨還是塑膠製品。那裡有座遊樂場，設施包括雲霄飛車、鬼屋之旅、恐怖隧道等等。擺攤的、端盤子的、打掃房間等等的當地人，都扮成女巫、鬼魂、外星人和雷根總統。那裡「每晚舉辦『不給糖就搗蛋』！安全！有人監護！（所有糖果保證安全健康）」。小孩由專人帶領，在「嚇人鎮」挨家挨戶拜訪的時候，父母可以在「阿達之家」或「科學怪人城堡」的套房裡用大螢幕電視看任何一部「百大恐怖電影」。

4 Fourth，指（七月）四日，即美國國慶日。

蘇莉表姊給我這份手冊時，我注意到她語氣有一點點僵。手冊內容包含了大量空洞但堅持的保證，來自新教各教派的牧師，都表示萬聖節！是乾淨、安全、健康、適合闔家同樂的地方，絕無任何「有害」或「令人不安」的東西。可是我相信真正虔誠信徒的靈敏鼻子一定會聞出那本手冊上有硫磺的味道，雪亮眼睛也會在那些陌生沙地上看見分岔的蹄印。

四日島的宣傳資料就豪華得多，完全沒有為自己辯解的意思。從「硫磺島豎旗畫面的活生生恆久重演」到每天晚上的「火箭紅眼四小時煙火秀」，從雕像林立的「總統大道」旁的「團結一心牛排館」到「上帝作主眾志成城禮拜堂」，一切全是堂皇的大規模，每一吋都是紅、白、藍，條紋和星星。「歡樂無比股份有限公司」顯然預期或已經招來到大量的愛國遊客。「我們的英雄博物館」的互動式展覽、「槍砲秀」以及「全美勝利花園」（鼠尾草、山梗菜、屈曲花）在網頁上占據很顯眼的位置，你還可以在網站上以互動方式跟五千個虛擬小學生一同朗誦「效忠誓詞」。

四日島的住宿從★★的「喬治・華盛頓鄉村旅店」到★★★★★的「喬治・W・布希豪華大飯店」都有。（是我自己太傻，還指望有個按小時計費的慘澹的汽車旅館，叫做「走投無路的惡棍」。）

四日島上都是高樓大廈，白沙海灘，藍色大海，紅色陽傘，氣派大道，大理石拱門；相較之下，情人節島就顯得舒適而老式。這個島當然是心形，島上的真愛城也是心形。大量的粉紅與白，大量的蕾絲，大量的蜜月套房、二度蜜月套房、永久蜜月套房，都在「巧克力盒飯店」。島上可以租到雙人共騎的協力車。照片上，面帶微笑的當地小孩身上穿得很少，打扮成邱比特，手拿紙箭作勢瞄準人造玫瑰涼亭下面帶微笑的情侶。「唔，我想要是有那個心情、有那個伴，那裡或許還不錯。」蘇莉表姊說，帶點不屑地翻過那些摺頁。

新年島的手冊說「所有設施都是全新」。事實上，那裡看來只有一樣設施：一座龐大的飯店。飯店裡有十四個宴會廳，六個豪華舞會廳，屋頂上還有高爾夫球場。唯一的戶外照片是一大片開闊庭院，掛滿中式燈籠。新年島顯然專為短暫造訪而設計，讓沒太多時間、但想把時間花在派對上的旅客待上幾小時或一晚，因為除了高爾夫球場之外，島上提供的娛樂就只有一項——「你這輩子最精彩的派對！」

事實上你有很多派對可以選擇：有的在鍍金舞會廳舉行，伴以氣球和華爾滋和管弦樂團；有的在「格林威治村俏姐兒年代統樓」舉行，配合爵士樂和私釀琴酒；有的在「歡樂酒店[5]式酒吧」，有的在「六〇年代嬉皮愛情聚會」，以此類推。至於參加派對的適當行頭，從晚禮服或正式西裝到紫色龐克假髮和暫時的鼻環、唇環，都可以租借。在翩翩起舞的眾人之中、在自助餐臺旁，舉杯輕碰互敬香檳的，是許多年輕美女和四十出頭的帥哥，個個苗條，個個深色髮膚，個個面帶微笑。他們不會一臉觀光客相。只有觀光客一臉觀光客相。

從這些手冊看來，我覺得去一趟「歡樂無比股份有限公司」的次元可能所費不貲，儘管資料裡沒有列出任何價目。要是你打免付費電話去問，或試著在網路上查，他們只會向你保證前往該次元的交通「完全免費」，同時輕快地建議你攜帶一張「有效的信用卡」。蘇莉表姊告訴我：「那裡沒那麼糟啦，跟佛羅里達那個名字很滑稽、莎莉安堅持我們非去不可的地方比起來好多了。親愛的，那些人哦，才真的是吃人不吐骨頭。」

在新年島上，每當午夜即將來臨（我相信那裡每十二個小時就有一次午夜，甚至可能每六小時一次），所有還沒醉到站不起來的人都湧向戶外的大庭院，看著高達三層樓的電視螢光幕放映時代廣場上方彩球落下的情景。大家照例頗為困難地又要拿香檳杯又要牽手，一同高唱〈美好往日〉。天上放起煙火，大家喝更多香檳，派對繼續下去。繼續又繼續。我納悶他們怎麼有時間清理那些舉行派對的房間？也許他們有一模一樣的兩組房間，一間使用中，一間清潔中。也許根本不會有人注意到。我納悶他們怎麼把喝醉的人準時送回原先出發的機場，要是來不及送回去，會不會挨告？不過控告大公司也沒用就是了。我還納悶，他們給「嬉皮愛情聚會」的人抽什麼，給「龐克地下派對」的人用什麼，**那些**人又該怎麼送回原先的地方？

無論如何，那裡永遠都是除夕夜，也就表示新年永遠不會來。不需要立下新年新志願，甚至不需要把參加派對的人送回家，只要他們願意繼續派對下去，直到倒數再度開始，時代廣場的彩球再度落下，煙火再度施放，大家再度齊唱〈美好往日〉，再喝更多香檳。除此之外，我再也想像不出其他東西，完全琢磨不出新年島上還有任何其他生活的可能性。想來是沒有。

蘇莉表姊跟我並非對所有事都看法一致，但在這件事情上我們所見略同。「我才不

5 Cheers，是美國八〇年代很受歡迎的電視影集，故事發生在一家酒吧，臺灣曾經播出。

會去那個派對島。」她說。「我向來都很討厭除夕夜。」

我注意到，那處廣大庭院的娛樂節目有一部分是舊金山中國新年的舞龍表演。這張照片裡扮華裔美國人的當地人看來很有說服力，比扮邱比特、或地精、或渡越德拉威河的革命軍那些人逼真多了。這使我開始納悶，「歡樂無比股份有限公司」的次元有沒有任何「非美國」的島嶼。這一點蘇莉也說不清楚。「那裡島很多。」她說。「也許有些是外國。」

我懷著這個問題和其他問題，打電話給好友希妲・杜立普。令我驚訝的是，她連聽都沒聽過這個次元。我告訴她我所知的部分，然後把手上所有文宣資料都寄過去。

一兩個星期後，她打電話給我。她試過連絡「歡樂無比股份有限公司」，不過除了免付費電話號碼之外很難問出什麼——這點並不意外。但希妲見多識廣又不屈不撓，終於舌粲蓮花地找到公關部門的某個人，那人寄給她一套文宣和摺頁（差不多就是蘇莉收集來的那些），還有一份備忘錄，列出各個「島嶼計畫」。這些備忘錄由公關部門和開發部門提出，顯然正交付公司的決策階層考慮中，其中包括：

五月五日島[6]（此計畫已開發完成，顯然就要開始執行）

每晚都是逾越節家宴！（此計畫缺乏詳細資料，顯示已被擱置）

寬札節[7]！非洲島（有關於設施和「主動參與的娛樂活動」的粗略構想，高層也批示了鼓勵的字句，例如放手去做吧）

長長久久（幾乎毫無細節）

荷麗荷麗荷麗[8]（這份備忘錄很長，充滿熱情地描述染色的水和染色的粉和傳統印度舞蹈的各種可能，提出人署名為R．強德拉納山，但似乎沒得到高層的鼓勵）

希妲繼續在調查「歡樂無比股份有限公司」和該公司的次元。

---

6 Isla Cinco de Mayo，五月五日節為紀念一八六二年墨西哥擊敗法軍入侵的節日，在墨西哥和美國（的墨裔人士中）頗受歡迎。

7 Kwanzaa，非裔美國人的節日，於十二月二十六日日至一月一日間舉行，仿照多種非洲收穫節。

8 Holi，印度重要節日，一譯「灑紅節」，在春季開始之際，代表歡樂，這一天大家都拿紅粉或染成紅色的水互相潑灑，表示喜慶。

當初我寫到這裡就暫時停筆，決定等希妲那裡有進一步的消息再說。過了將近一年，她才跟我連絡，告訴我最新發展。

我們上次通電話後不久，希妲決定通知跨次元事務署，告訴他們「歡樂無比股份有限公司」在「假日次元™」進行的活動——結果原來事務署早在幾世紀前就知道該次元的存在。《次元百科》裡有該次元（原先狀態）的描述，列在「木蘇桑姆」的條目下。

不難想像，跨次元事務署平常已經忙得不可開交，要登記並調查新發現的次元，設立並監督轉運點、旅社、觀光設施，管理跨次元關係，諸如此類的千百種工作都要負責。不過一旦得知有個次元遭到封閉、無法自由進出、被企業用來營利、當地居民變得像囚犯，他們立刻果決地採取行動。

我不知道事務署如何行使權威，甚至不知道他們的權威從何而來，也不知道他們可以使用什麼手段，但總之「歡樂無比股份有限公司」已不復存在。它就這麼消失，神祕一如它的出現，依舊沒有歷史、沒有臉孔、沒有任何必須負責的對象。

希妲把木蘇桑姆的新文宣寄給我看。那些度假島嶼現在由島民自己合資經營，第一年由事務署派專家顧問從旁督導。

這樣做很合理，因為該地小規模的餬口經濟已經完全被「歡樂無比股份有限公司」摧毀，不可能一夜之間就恢復，而且那些飯店、餐廳、雲霄飛車都還在，受訓為遊客提供服務或娛樂的員工也可以繼續靠這些本事賺錢。然而另一方面，這又有點令人發昏，尤其是四日島。那整座島都是美國濫情愛國主義的龐大紀念碑，如今完全由對美國一無所知（只被美國人無情利用過很多年）的人來經營？唔，我想就算在這個次元，這也不是完全不可能的事。剝削可以是雙向的。

我見過一個木蘇桑姆人，他是率先利用該次元重獲的自由旅行到別處的人之一。希妲請他順路來見我。他名叫艾斯莫．索．姆，非常感謝我參與解放了他的族人，儘管我只是完全意外偶然地扮演了一個小角色。他送給我一份「代表我族人謝意的禮物」，是個藤編小球，小孩的玩具，手工相當粗糙。「我們做的東西不如美國人漂亮。」他抱歉地說，但我想他看得出這禮物讓我很感動。

他的英語相當流利。他小時候扮演耶誕老人手下的地精，後來被調去新年島當侍者和兼職舞男。「其實沒那麼糟。」他說，然後又說：「其實很糟。」然後，他那張顴骨很高、表情豐富的臉皺成一個笑容：「但不是非常非常糟。只有食物非常非常糟。」

艾斯莫·索·姆描述他的世界：數以百計的島嶼，「永無止境」地散布在海洋上，許多島上只有一兩家人。島與島之間的交通工具是雙連船。「大家都一天到晚跑去拜訪別人。」他說。

「歡樂無比股份有限公司」把所有人口集中在一組群島上，禁止他們駕船進出。「燒船。」艾斯莫·索·姆說得很簡短。

他出生在假日群島以南的一個島上，現在搬回那裡。「要是我繼續在飯店工作，可以多賺很多錢，」他說：「可是我不在乎。」我請他告訴我一些關於他家鄉的事。「哦。」他說，然後又笑起來。「你知道嗎？我家鄉根本沒有假日！因為我們太懶了！我們在園子裡工作一兩個小時，然後就不工作了。我們玩，跟小孩玩耍，駕船出海，釣魚，游泳，睡覺，煮飯，吃飯，睡覺。我們要假日幹嘛？」

而蘇莉表姊得知那裡的管理階層換人，很是失望。「我想我今年八月不會再去了。」我打電話祝她生日快樂時，她相當悲哀地告訴我。「感覺上耶誕節換個國籍就不像耶誕節了。你說呢？」

醒島

一天只睡兩、三個小時的人，一定都是天才。至少你聽說的那些都是。就算你沒聽說的那些全是笨蛋，也無妨。失眠等於天才。一定是這樣。想想看，在其他駑鈍蠢才呼呼大睡的時候，你可以做多少工作、想多少事情、讀多少書、做多少愛啊。

歐瑞齊這個次元許多方面跟我們都很像，不過那裡有些人完全不睡覺。

在歐瑞齊次元的海布里梭國，一群科學家相信睡眠是一種殘存的遠古行為模式，適合低等哺乳動物，而不適合有智慧的人類。睡眠或許有助於脆弱的類人猿夜裡保持安靜、免受傷害，但在文明生活中就像冬眠一樣毫無用處。更糟的是，它還有礙智力——一再妨礙大腦的運轉。睡眠每晚都打斷大腦正在進行的各項功能，嚴重干擾連貫一致的思緒，使人腦無法發揮最大潛能。**睡眠使我們變笨**，是這群歐瑞齊科學家的座右銘。

該國政府生怕敵國努姆入侵，對任何可能增進海布里梭武力或腦力的實驗都加以鼓勵。於是，這群科學家得到充足的基金，跟傑出的基因工程師合作，再加上十對兼具愛國心和生育力的男女志工，全聚集在一處不對外開放的基地，展開了綽號「超級聰明人」的計畫；這綽號是大力支持此一計畫的國營新聞網取的。四年後，第一批完全不睡覺的嬰兒就誕生了。（關於這句話，可能會有數以百萬計睡眼惺忪的年輕父母表示異議，但一般嬰兒確實是會睡覺的，差不多就在父母必須起床的時候。）

然而，這批超級聰明嬰兒都夭折了。有些只活了幾星期，有些活了幾個月。他們日夜啼哭，日漸衰弱，最後沉默，死去。

科學家判定，嬰幼兒的睡眠是胚胎發育過程的延伸，逕行跳過並不安全。

當時，海布里梭和努姆的關係特別劍拔弩張。謠傳努姆正在發展一種由空氣傳播的細菌，會使所有海布里梭男性失去生殖能力。第一批嬰孩之死使大眾不再那麼支持超級聰明人計畫，但政府沒有動搖，下令基因工程師再從頭研究起，又徵求了另一群志工。第一天就有二十二對愛國男女前來報名。不到兩年，他們便開始生產新一代超級聰明人。

這其中的基因工程巧妙又精確。這些新生兒起初會睡得跟一般嬰孩一樣多，但會逐漸醒得愈來愈久，到了四歲應該就完全不需要睡覺了。

結果確實如此。而且他們沒有衰弱死去，全活得好好的，二十二個寶寶都健康可愛。他們會仰望母親的臉，露出微笑。他們踢腿，發出嘰嘰咕咕聲，吸奶，爬行，一切都與一般嬰兒無異，包括睡眠。他們很聰明，因為飽受四周關注，學習環境也很豐富，不過他們不是天才，還不是。他們學會嬰兒該學的事，包括咕咕叫或嘎嘎叫，然後開始會喊媽媽、爸爸，接著是不要，再來是學步兒的其他詞彙，速度只比平均值快一點。等他們開始不睡覺之後，學習速度和智力就會大幅增長。

這些小孩兩歲時，大部分一晚已睡不到六小時。在這段被該計畫主任稱為「不眠發展」的時期，每個小孩的狀況自然各有不同。第一名是哈達布寶寶，他十個月大時就已不睡午覺，到了二十六個月大時，更是一晚只睡兩、三個小時。

哈達布是個可愛的小男娃，一雙大眼，一頭銀色鬈髮，一連好幾個月都是海布里梭媒體的寵兒，出現在家家戶戶的螢光幕上——「聰明男娃」。大家看著哈達布高高興興、搖搖晃晃地走過房間，迎向主任科學家暨《不眠：一切的答案》作者兀伊圖格博士大師教授，博士大師教授彎下身，露出彆扭卻誠摯的微笑，握握他的小手。哈達布在草地上跟小狗一起打滾，狗是海布里梭首席領導送給他的。哈達布在小床上蜷起身子彷彿要睡，大拇指含在嘴裡，但又眼神閃亮地爬起來，朝攝影師扮鬼臉。不過很快聰明男娃熱沉寂了，一如所有流行都會退燒。有一年多的時間，「超級聰明人」計畫幾乎毫無下文。

接著「海布里梭高度智能網」放了一部非互動性的宣導影片，謹慎地對不眠理論和「超級聰明人」實驗孩童的智能提出若干疑問。其中最明顯的是如今已經三歲半、完全不睡覺的哈達布和他的狗一起玩的一段短短畫面。兩個小傢伙都很可愛，在基地內的公園打打鬧鬧非常開心，但令人覺得不大對勁的是，影片中是光著身子的小孩跟著狗到處跑，而非狗跟著小孩跑。此外，哈達布似乎對陌生人在場毫無反應，這點也相當奇怪。如果有人問他問題，他有時會不理對方，有時會隨機回答，彷彿言語或人際關係對他都沒什麼意義。人家問他：「你上學了嗎？」他卻走開幾步，就這麼蹲在攝影機前開始大便。他的行動看來並無任何叛逆意味，只是純粹不覺得羞恥。

然而，影片中另一個女孩就不一樣了。她名叫拉格娜，快滿四歲，被歸類為「發育遲緩」，因為她現在每晚仍然要睡四小時。她活潑可愛地回答記者的問題，說她喜歡上學，因為可以用顯微鏡看到扭來扭去的東西，還說字母書她幾乎都會讀了。但拉格娜沒有變成媒體的下一個寵兒，因為「超級聰明人」計畫有兩年多的時間拒絕任何攝影師進入基地——直到大眾的好奇心和媒體壓力愈來愈強烈，他們無法抵抗為止。

這時，兀伊圖格博士大師教授宣布「不眠實驗」成功。二十二個小孩如今年紀介於快滿四歲到剛滿六歲之間，每晚睡不到半個小時，個個健康得很。至於智力發展，他解釋，由於這些孩子的發展當然跟一般睡過頭的兒童不一樣，所以不能用同樣標準加以衡量，不過毫無疑問，他們的智力都非常高。

電視觀眾對這說法並不滿意，質疑不眠理論的少數離經叛道科學家也不滿意，甚至政府也不滿意，當初他們出錢支持兀伊圖格博士大師教授的計畫，是希望能培育出天才下一代，打敗努姆，確立海布里梭超級強權的超級地位。經過相當一段時間，在相當的壓力下，開過相當多的委員會議之後，有關單位成立「科學調查委員會」，負責提出公正的調查報告，儘管兀伊圖格博士大師教授和他的工作人員拚命抗拒。

調查委員發現，許多「超級聰明人」的父母都可憐兮兮地急著想跟他們談，求他們提供建議，幫助、治療這些孩子。這些愛子心切、不知如何是好的父母一個接一個說出同樣的話：「他們在夢遊。」

一名沒受過什麼教育但觀察入微的年輕母親，要兒子站在鏡子前，然後叫調查員注意看他。「米民，」她對小男孩說：「你看，米民，鏡子裡的人是誰呀？那是誰呀，親愛的？那個小男孩，他在做什麼？」可是孩子「完全不理會那影像」，一名調查員寫道。「他對那影像完全不感興趣，從不看向鏡中人的眼睛。稍後我注意到，儘管他視線有時偶然與我交會，他卻沒有直視我的眼睛，我也無法直視他的眼睛。這讓我格外不安。」

同一名調查員也指出另一項不對勁的事實，那就是這些孩子全不會伸手指向某樣東西，也不懂得順著別人指的方向看。「動物和幼兒，」他寫道：「只會看著手指，而非手指指向的方向，且自己也不懂得指東西。『指東西』之為一個有意義、能被了解的手勢，是幼兒一歲前就應有的正常自然發展。」

這些超級聰明小孩會聽從直接、簡單的指令，但並非總是如此。要是人家叫他們「去廚房」或「坐下」，他們常會照做。若被問到餓不餓，他們可能會也可能不會走到廚房或桌旁等人家準備食物。萬一受了傷，這些小孩沒有一個會跑去找大人哭訴「痛痛」，只會縮身蹲下，嗚咽哀鳴或一聲不吭。一名父親說：「就好像他不知道自己受了傷，好像發生了什麼事但他不知道事情發生在他身上。」他引以為豪地又說：「他很強悍。天生的軍人。從來不要人幫忙。」

表示疼愛的話語對這些小孩似乎毫無意義，儘管如果你以動作示意擁抱，他們可能會靠向你、或把臉埋在你身上。有時候小孩會說出或哼出親暱詞語——「好乖好乖好乖」、「媽媽軟，媽媽軟」——但並非對父母表達的感情做出回應。他們聽到自己的名字有反應，大部分被問到名字也肯回答，不過也有幾個沒開口。父母們指出，這些孩子愈來愈像是「只會自言自語」或「完全不聽別人在說什麼」，也常胡亂使用代名詞——把「我」說成「你」，或把「他們」說成「我」。他們的語言似乎愈來愈突兀而非表示回應，隨機冒出而無明確目的。

經過一年多耐心詳盡的研究和討論，調查委員做出了措辭非常謹慎的報告。他們很注重拉格娜的案例：她每晚依然要睡一小時，有時甚至白天也會打盹，因此被該實驗視為失敗案例。接受電視記者訪問時，一名調查員鮮活而不設防地如此描述拉格娜跟其他超級聰明小孩的差別：「她是個可愛的孩子，如在夢中。他們全都如在夢中。她會遊蕩到別的地方去，我是說她的心思會飄走。跟她講話有點像跟狗講話，你知道我的意思嗎？她多少算是會聽，但大部分的話對她而言只是沒有意義的噪音。可有時候她會打個哆嗦，好像大夢初醒，然後她的人就在這裡了，而且她知道。其他小孩從來不會這樣。他們的人都不在這裡。他們哪裡都不在。」

調查委員會的結論是，「永久的醒覺狀態似乎導致大腦無法構成完整意識」。

媒體沸沸揚揚地大炒了一個月新聞，什麼「殭屍小孩」啦，「清醒的腦死」啦，「人工培育的自閉症」啦，「犧牲在科學祭壇上的孩子」啦，「媽媽，他們為什麼不肯讓我睡覺？」──然後就失去了興趣。

由於兀伊圖格博士大師教授的大力遊說，政府對此計畫的興趣又持續了十二年；博士的後臺相當可觀，包括首席領導最看重的顧問之一，以及軍方好幾個頗具影響力的將領。然後，該計畫的資金突然被裁撤，也沒有公告周知。

監督該計畫的科學家，有很多都已離開基地。兀伊圖格博士大師教授心臟病發而死。超級聰明人的父母（這些年來被迫一直待在基地，當然吃得飽穿得暖，能使用各種方便的現代科技，但無法與外界通訊）心煩意亂，走投無路，終於跑出基地大聲呼救。

他們的小孩如今已介於十五至十七歲之間，完全不睡覺。隨著青春期到來，他們徹底進入了有些觀察者描述為「有所改變的意識」狀態，另有人說那是「醒覺的無意識」或者「夢遊」。最後這個詞尤其不合適，因為他們根本不睡覺，遑論做夢。他們也並非對周遭事物毫無所覺，不像夢遊的人會走進大馬路上的車流、或者不停刷洗手上的血跡污點[1]。生理上，他們時時刻刻都是醒覺的，永遠不會不醒覺。

他們的身體很健康。由於一直受到規律而營養的餵哺，從來不缺食物，因此他們沒有打獵或採集的技能。他們走來走去，毫無目的地跑動，有時掛在基地提供的遊樂器材或公園的樹上，把泥巴挖成一坑坑、一堆堆，互相打成一團。隨著生理發育成熟，這些幼稚的打鬧逐漸變成性遊戲，接著很快就變成交媾。

在那段漫長的軟禁歲月中，有兩名母親和一名父親自殺，另有一名父親死於中風。

---

1 典出莎劇《馬克白》，馬克白夫人唆使並協助丈夫弒君之後，良心不安，開始夢遊，睡夢中一直想洗去手上的血跡。

剩下的四十名父母多年來輪流保持二十四小時警戒，試著管住這些小孩：十二名少女和十名少年，全整天醒著不睡。基地的實驗環境不容許父母鎖門，因此他們無法阻止這些孩子接近彼此。他們懇求研究團隊提供門鎖和避孕用品，但遭兀伊圖格博士大師教授拒絕。博士深信第二代的不眠者將會完全證明他的理論正確無誤，一如他在《不眠：答案即將到來》一書未印行的手稿中所闡述。

基地開放時，已有四名少女生下寶寶，由她們的父母照顧，另外還有三名少女懷了身孕。有位母親遭到一名不眠少年強暴，也懷了孕，後來獲准墮胎。

接下來是一段諱莫如深的可恥時期，政府對該實驗完全不負責任，任實驗對象自生自滅。有些超級聰明人遭到色情產業的剝削利用。一個男孩被自己的母親殺死，據稱是出於自衛；那母親坐了一段短時間的牢。最後，在新即位的第四十四任首席領導命令下，所有還活著的不眠者，包括他們的小孩，都被送到廣大的盧木河三角洲一座偏遠島嶼上的保留區，他們的後代至今仍生活在那裡，由海布里梭國政府照管。

第二代不眠者並未證實兀伊圖格的理論，但倒是證明了當年那些基因工程師的技術：他們生下的後代完全沒有突變，超級聰明人的後代在五歲之後全都不能睡覺。

現在「醒島」約有五十五名不眠者。那裡的天氣很暖和，他們赤身裸體。每隔一天，軍方會派出一艘噴射汽船，把水果、乳酪、麵包和其他不需烹調的食物丟上該島沿岸。除了提供這些食物，有關單位嚴禁任何人與他們接觸，也不允許任何人道或醫療援助。觀光客（包括來自其他次元者）可以登上鄰近一座小島，隔著百葉窗用高功率望遠鏡窺看那些不眠者。有時直升機會將研究團隊載到醒島上的兩座觀察塔。這兩座塔設在不眠者無法接近的地方，裝設紅外線及其他非常複雜的觀察設施，觀察者則隱身在單向鏡後。「拯救不眠寶寶協會」（SABA）的示威和靜坐可以在島的南岸進行。不時會有SABA的人試圖用船救出不眠者，然而總是被軍方的噴射汽船和直升機攔住。

不眠者曬太陽、走路、跑步、爬樹、吊在樹上晃、扭打、梳理清理自己和彼此，抱著寶寶餵奶、性交。男性為了爭搶性對象而打鬥，也常毆打拒絕性交的女性。所有人都不時為食物打架，也有過若干看似無緣無由的殺人事件。輪姦是常見的事，因為男性看到其他人交媾而變得興奮。有跡象顯示母子和手足之間有些許感情，除此之外沒有社交關係。沒有任何人教導任何事，也沒有跡象顯示任何個體以模仿方式學習技能或習俗。大多數女性都在十三、四歲後的一年間就生下小孩。她們的母性技能只可能來自天生，而人類究竟有沒有任何天生技能這問題至今仍無定論；無論如何，大多數嬰孩都會死，死掉的嬰孩會被隨手棄置。斷奶後，小孩就得自力更生；由於有關單位提供的食物總是很多，因此也有不少小孩活得到青春期。

成年女性的死因通常是遭到凶狠毆打，或分娩時難產。女性不眠者鮮少活到三十歲，男性如果熬過二十歲前後那段、幾乎整天都在打鬥的高危險時期，則能活得比較久。醒島上活得最久的居民是FB-204，研究員暱稱她為「菲比」，享年七十一。菲比十四歲生下一個孩子，之後顯然就失去生育能力。她從不拒絕男性的性要求，因此很少被打。她生性害羞，非常懶惰，鮮少出現在海灘上，就算出現了，也是撿起食物就退回樹林裡。

目前的家長是個鬚髮發灰的男性，五十六歲的MTT-311，肌肉發達，身材結實。他泰半待在沙灘上曬太陽，夜裡則在內陸的森林遊蕩不停。有時他會用手挖洞和溝，或用石頭堆起水壩擋住溪水，不過顯然只是因為覺得這麼做很好玩，因為那些水壩毫無用途，他也從不會把水壩蓋得足以防水、改變溪水流向。一名年輕女性幾乎每夜都會花一段時間把撕碎的樹皮和樹葉堆成一疊一疊，像巨大的鳥巢，但從不用來做什麼。好幾名女性會在倒下的樹幹裡找螞蟻或螬螬，一隻一隻吃掉。這些是研究者觀察到僅有的有目的行為，其他都只是生理需求的即時滿足。

儘管他們極度骯髒，女性老得很快，然而不眠者年輕時大多很好看。所有觀察者都提及他們的表情，將其描述為淡然、安詳、超自然的平靜。日前出版了一本關於不眠者的書，書名就叫《快樂的人》——後面再加上歐瑞齊語中相當於我們問號的東西。

歐瑞齊的思想家依舊持續爭論不眠者的問題。如果沒意識到自己快樂，那麼還算不算快樂？意識是什麼？意識真如我們認為的這麼有益嗎？曬太陽的蜥蜴和哲學家，何者過得比較好？在哪種方面比較好，原因又何在？蜥蜴存在的歷史比哲學家久多了。蜥蜴不洗澡，不埋葬死者，也不進行科學實驗。古往今來蜥蜴的數量遠超過哲學家。那麼，蜥蜴是不是比哲學家成功的物種？上帝愛蜥蜴是否勝過愛哲學家？

不管你對這些問題怎麼想，觀察不眠者（或觀察蜥蜴）似乎都顯示，要過著有知覺的、心滿意足的生活，意識並不是必需條件。事實上，如果推到人類能及的極限，意識反而可能阻礙真正的心滿意足，就像一隻蛀蟲鑽在快樂這顆蘋果裡。對存在的意識是否干擾了存在本身——是否扭曲、扼殺、拖累了它？每個次元的每種神祕主義教派，似乎都追求逃離意識。如果涅槃是心智從自我中解脫，得以重新與身體合一，跟身體一同與世界或神純粹合一，那麼不眠者難道不是已經達到了涅槃？

意識的代價確實很高。這個價碼，顯然就是我們人生中那三分之一又盲、又聾、又啞、又無助、又無腦的時光——睡覺的時候。

然而，我們會做夢。

努拉普的〈醒島〉一詩，描述不眠者一生都活在「一個充滿夢的夢裡……」

夢見水總是流過沙洲旁
夢見身體相遇，像深鎖的花朵開放，
夢見眼睛永遠敞向星星與太陽……

這首詩很動人，也提供了極少數對不眠者的正面觀點。但海布里梭的科學家——儘管他們可能希望自己可以同意詩人的說法，以減輕集體的良心不安——證實，不眠者不會也不能做夢。

一如在我們這個次元，只有某些動物，包括鳥、狗、貓、馬、猿猴及人類，會定期進入那種奇怪且高度特定的腦／身狀況，稱為睡眠。一旦進入睡眠，也只有在睡眠，其中一些動物才會進入更奇怪的狀態或活動，其特性是高度特定的腦波形式和頻率，稱為做夢。

不眠者缺乏這些存在狀態。他們的大腦不會這麼做。他們就像爬蟲類，冷卻進入遲緩狀態，但並不睡覺。

海布里梭哲學家托哈德進一步闡述了箇中弔詭：要身為自己，你也必須身為無物。要知道自己，你必須能夠什麼都不知道。不眠者持續且即時地知道這個世界，沒有空檔，沒有自我存在的空間。他們沒有夢，所以不講故事，也所以不需要語言。沒有語言，也就沒有謊言。於是他們沒有未來。他們活在此地、此時，完全接觸一切。他們活在純粹的事實裡。但他們無法活在真實裡，因為，哲學家說，通往真實的路徑必先穿過謊言與夢境。

納莫語

納莫的「烏托邦花園」以絕對安全聞名，也實至名歸——「最適合兒童與老人的理想次元」。少數到來的訪客，包括兒童與老人，通常都覺得那裡非常無趣，盡快離開。

那裡的景色千篇一律——山丘，原野，公園，樹林，村莊：富饒，漂亮，沒有季節變化，單調。有人耕作的土地和野地看起來一模一樣。植物種類很少，都有用途，可以當作食物或柴薪或織品。動物則只有細菌、海裡某些類似水母的東西、兩種有用的昆蟲，以及納莫人。

他們態度都很和悅，但至今沒有人成功跟他們交談過。

儘管他們的單音節語言聽起來悠揚悅耳，翻譯器卻很難翻譯，連進行最簡單的對話都有問題。

檢視他們的書寫語言，可以點出部分問題所在。納莫語的書寫系統以音節為本：該語言有好幾千個字，每個字代表一個音節。每個音節都是一個詞，但這個詞沒有固定、特定的詞義，只有若干可能的意思，要靠前面或後面或鄰近的其他音節來決定。納莫語的詞沒有外延，而是各種可能內包的核心，而這些內包則由上下文脈絡來啟動或創造。因此納莫語無法編辭典，除非可能的語句的數目是有限的。

納莫語寫成的文本不是線狀（不管是橫線或直線），而是放射狀，往四面八方延伸，像樹枝或正在形成的水晶；第一個或放在中間的詞，到文本完成時，可能已不是那段話的中心或開始。這種多方向的複雜性在文學文本中發揮得淋漓盡致，看起來就像迷宮、玫瑰、朝鮮薊、向日葵、碎形模式。

不管說哪種語言，開口前，我們可以選擇使用的字詞幾乎是無限的。一個，那個，他們，雖然，有，然後，為了，水牛，無知，既然，溫妮慕卡，在，它，當……龐大的英文詞彙中，**任何**一個詞都可以開始一個英文句子。我們說出或寫下句子時，每一個詞都會影響接下來那個詞的選擇——取決於它的句法功能：是名詞、動詞、或形容詞等等，如果是代名詞，要看它的人稱和單複數，如果是動詞，要看它的時態和單複數，如此這般。句子繼續下去，選擇範圍也愈來愈窄，最後一個詞很有可能就是我們唯一能用的詞。（以下這例子雖然只是一個片語而非句子，卻非常能說明這一點：to be or not to——。）

至於納莫語，似乎不只字詞的選擇——名詞或動詞、時態、人稱等等——會受到同一個句子裡（如果納莫語確實有句子的話）前面或可能出現在後面的字詞影響，就連每一個詞的意思也會因此改變。因此，接收到僅僅幾個音節後，翻譯器就開始產生一大堆可能的其他意義，然後句法和內包的各種可能性迅速愈變愈多，使機器無法負荷，自動關機。

有人嘗試過翻譯書面納莫語，其結果不是毫無意義，就是南轅北轍到可笑的地步。比方說，對同一句九個音節的文字，我見過四種不同的翻譯：

「所有在此空間者皆應視為朋友，天下所有生靈亦然。」

「如果你不知道裡面有什麼，要小心，因為若你帶著恨意進門，屋頂可能會垮下砸在你身上。」

「每扇門的一側皆是神祕。謹慎是無用的。友誼和敵意在永恆的注視下都毫無意義。」

「大膽進來吧，陌生人，你受到歡迎。快坐下吧。」

這句子的文字寫起來很像一顆前端發亮的彗星，常在門上、盒蓋上、書的封面上看到。

納莫人因為只能吃素，所以個個擅長種花蒔草。他們的藝術包括烹飪、珠寶、詩篇。每個村莊都能自給自足，種植、採收、製造自己所需的一切。村莊之間有少許商業活動，主要商品是菜餚，由專業廚師以特別方式烹調種類相當有限的蔬菜。廣獲好評的廚師會拿自己做的菜跟種菜的人交換食材，換得的東西多一點。據觀察，他們不採礦，可是隨便哪條河的河床都能撿到蛋白石、橄欖石、紫水晶、石榴石、拓帕石和有顏色的石英，用這些寶石來換取沒加工過或二手的金銀。他們有貨幣，不過只具備名譽上的象徵意義：用來賭博（納莫人用骰子、籌碼和紙牌玩各種低調的賭博遊戲）及購買藝術品。貨幣是珠光淡紫的半透明套膜，長在最大的一種水母身上，被海水沖上沙灘，人們拿去內陸交易，換取完工的珠寶和詩——如果那些看來如此美麗撩亂的書面文本、紙頁、小冊和卷軸確實是詩的話。

有些訪客信心十足地斷言這些文本是宗教作品，說它們是曼荼羅和經文。有些人則信心十足地斷言納莫人沒有宗教。

納莫次元有許多我們這次元的人稱為「文明」的遺跡，而如今我們這次元的人所謂的文明，通常是指資本主義經濟及工業科技對自然和人類資源進行密集而耗竭的剝削利用。

在田野間、公園邊，處處可見龐大城市的遺跡，長長道路和大片鋪路區域的痕跡，沙漠化和永久污染造成的廣大荒原，以及其他種種進步社會與先進科技的跡象。這些遺跡都非常古老，納莫人似乎覺得毫無意義，對之並不感到驚畏或興趣。

他們看待訪客也是如此。

沒有人足夠了解他們的語言，因此無從得知納莫人是否有任何歷史或傳說，提及那些留下巨大建設和毀滅的痕跡、散布在他們平淡風景裡的祖先。

我朋友勞爾說，他聽過納莫人提及廢墟時用到一個字：奈。就他能摸索出的程度而言，奈這個音節——在前後其他音節的各種修飾之下——可以表示很多東西，從突如其來的洪水到泛著虹彩的小甲蟲。他想，奈的內包範圍中心可能是「移動得很快的東西」

或「發生得很快的事件」。這名字套用於那些超越時間、長滿雜草的廢墟似乎很怪，那些廢墟在高處俯瞰村莊，或被用作村莊的地基——龜裂凹陷的路面現在成了淺湖積滿淤泥的湖底——那是廣大的化學沙漠，什麼生物都沒有，只有薄薄一層發紫的細菌漂浮在有毒泉水冒出的地方。

不過話說回來，沒人確定納莫是否有任何東西有名字。

勞爾待在「花園烏托邦」的時間比大多數人都要長。我請他寫一些關於那裡的東西，想寫什麼就寫什麼。他寄來了以下這封信：

你問到他們的語言。我想你把那裡的問題描述得很好。用這種方式來想或許有幫助：

我們講話像蛇。蛇可以朝任何方向遊走，但一次只能往一個方向，頭部在前。他們講話像海星。海星不怎麼移動，也沒有頭。牠隨時保有更多選擇，儘管可能並不動用那些選擇。

我想像海星並不會去想相對替代的組合，比方左或右，前或後；牠們就算想，也是以五種左右、五種前後來想。或者二十種左右，二十種前後。對海星而言，唯一非此即彼的組合是上和下，其他維度或方向或選擇都會是非此即彼或彼或彼或彼……

唔，這描述了他們語言的一個面向。納莫語的話有一個中心，但句子以不只一個方向從中心延伸出去——或者伸向中心。

我聽說，日文只要一個詞或一個指稱對象稍做修改，整個句子就會完全改變，所以（我不會說日文，底下是我亂編的）一個詞要是有一個音節改變，「星光下蟋蟀齊鳴」就會變成「十字路口計程車擠得動彈不得」。我想日文詩會刻意使用這些幾乎雙重的意義。詩句可說是半透明的，放在不同的脈絡就可能有另一種意思。表層的意義同時也容許觀者意識到另一種可能的意義。

唔，納莫語永遠都是這樣。每個句子都是半透明的，有其他可能的句子同時存在，因為每一個字詞的意思都取決於前後的字詞。也因為這樣，我們八成不能告訴他們單獨的字詞。

在我們這個世界的語言裡，字詞是真實的東西，是有固定形式的聲音。就拿英文的cat（貓）來說吧。不管放在句子裡，還是單獨使用，它都有其意義，表示某種動物；講的時候，它是同樣的三個音素[1]，寫起來也是同樣的字母，c、a、t，複數則再加上s，然後組成cat。像一塊小石頭一樣清楚實在。或者也可以說像一隻貓一樣清楚實在。貓是名詞。動詞稍微不固定一點。說曾經有是什麼意思？如果單獨講，沒太多意思。曾經有跟貓不一樣，它需要脈絡，需要主詞和受詞。

納莫語的字詞沒有一個像貓，每一個都像曾經有，而且有過之無不及，遠遠過之。

就拿德這個音節來說吧。它本身還沒有意義。阿·諾·德·穆·阿斯，意思約略是「我們去樹林裡吧」；在這個脈絡裡，德是「樹林」。但若說丁·阿·德·穆·阿斯，意思則約略是「那些樹站在路旁」；德是「樹」，阿是「路」而非「去」，阿斯是「旁」而非「裡」。但如果這一組內包出現在其他組裡，意思又會再度改變

1 phoneme，語音學術語，指一個詞（或詞素）與另一個詞（或詞素）相區別的最小言語單位。

——些·伏·烏·阿·諾·德·穆·阿斯是：「那些旅人穿越寸草不生的沙漠而來」，這下子德成了「沙漠地帶」而非「樹」。而在歐·貝·卡·德·卡這句話裡，德這個音節表示「慷慨，大方贈與」——跟樹一點關係都沒有，除非也許是比喻性的意思。這個句子約略是「謝謝你」的意思。

一個音節的意義範圍當然不是無限，然而我不認為可以條列出它所有可能或潛在的意思，就算條列得很長——像中文字典那樣——也不行。一個口說的中文音節，ㄒㄧㄥ或ㄌㄨㄥˊ，可能有幾十種意思，但那還是一個字，儘管其意義某種程度上取決於脈絡，儘管可能有五十個不同的象形字來表達那些不同的意義。那音節的每一個不同意義事實上都是一個不同的字，一個實體，語言大河床裡的一顆小石頭。納莫語裡，一個音節只有一個象形字。但它不是小石頭，而是河裡的一滴水。

學習納莫語，就好像學習編織水。

我相信他們學自己的語言就跟我們學他們的語言一樣困難，不過話說回來，他們有足夠的時間，所以無所謂。他們的生活不像我們，賽馬一般從這裡開始、又要跑到那裡；他們活在時間的中間，就像海星活在自己的中心，像太陽位在自己的光裡。

我對他們語言所知的一星半點——而我也不確定我的理解有哪部分真的正確，儘管對德做了一番看似博學的討論——多半是跟小孩子學來的。他們小孩的字詞比較像我們的字詞，可以預期在不同句子裡表示同樣意義。但小孩會繼續學習，等到十歲左右開始讀寫之後，講話就逐漸變得像大人；至於青少年，他們講的話我大多聽不懂了——除非他們用兒語跟我交談，而他們也確實常這麼做。學習讀寫是一輩子的事。我懷疑他們不只要學已有的字，還要發明新字，以及字與字的新組合——美麗的新的意義模式。

他們是園丁。那裡的東西基本上自己就會生長——不需除草，沒有雜草，不需灑藥，沒有害蟲。但，你也知道，花園裡永遠都有事情要做。在我住的那個村子，總是有人在園子裡、樹木間幹活，卻從來也沒人累垮自己。然後下午他們會聚在樹下談笑，進行他們長之又長的典型對話。

談話進行到後來，常會有人開始背誦，或者取出一張紙或一本書來朗誦。有些人會先行離開，自己去讀讀寫寫。很多人天天寫東西，當然寫得很慢，用的是以棉花植物製造的紙張。他們下午或許會傳閱那張寫了東西的紙，加以朗誦。或者有些人會在村裡的工作坊打造珠寶，用金絲、蛋白石、紫水晶等等製作頭冠和胸針和複雜的項鍊。珠寶完工後，他們也會拿來傳看並送人；一個人戴一陣子就給另一個人，沒有人一直留著它們，而是到處傳遞。村裡有一些殼錢，有時候，如果某人玩十張牌贏了一大筆，他們會拿精美的珠寶跟他換一兩枚殼錢，通常還加上許多笑聲和看似儀式性的侮辱字詞。有些珠寶真的很美，細緻的手環像永無休止的金銀線細雕，或者又大又沉的項鍊，形狀像星雲和交錯的螺旋。好幾次他們也給我珠寶，我也因此學會說歐．貝．卡．德．卡。我戴一陣子便會傳給別人，儘管很想留為己有。

我終於明白，有些珠寶是句子，或者詩行。也許所有珠寶皆然。

村裡的學校設在一棵堅果樹下。那裡的天氣非常溫和而單調，從來不變，所以可以在戶外生活。我坐在一邊旁聽，大家好像都不介意。小孩每天聚在那棵樹下玩耍，直到某個村民出現，教他們這個或那個。大部分似乎都是藉由說故事的方式進行語言練習，由老師開個頭，一個小孩接下去講一段，然後傳給另一個，以此類推，每個人都全神貫注、豎直耳朵聽，隨時準備接下去講。就我能分辨的程度而言，故事主題只是村子裡的事，相當無趣，但其中包含轉折和笑話，而出人意料或別具創意的用詞或連結會使眾人樂得稱讚——「好一塊寶石！」他們都這麼說。不時會有巡迴各村的教師前來，開上一天兩天或三天的課，教讀寫，青少年和一些成年人也會來旁聽，跟小孩排排坐。我就是這樣學會在某些文本裡讀懂若干字的意思。

村裡的人從不試著問我的事，或我從哪裡來。他們完全沒有這種好奇心。他們善良、有耐心、慷慨，給我食物，給我地方住，讓我跟他們一起工作，可是對我不感興趣——也對任何事都不感興趣，至少在我看來是這樣；他們只關心每天要做的事：園藝，烹飪，製作珠寶，書寫，對話。他們只跟彼此對話。

跟其他所有人一樣，我覺得他們的語言實在太困難，難到他們八成覺得我智障的地步。我試著用一般「字詞互換」的方式來學習——你拍拍自己胸口，說出自己的名字，然後疑問地看著對方——你拿起一片葉子，說「葉子」，然後期待地看著對方……然而他們就是不回應，連小孩子都一樣。

就我能分辨的程度，納莫人沒有名字。他們相互的稱謂是變換無窮的片語，似乎表示永久及暫時的關係，包括血緣親疏、責任與依賴、附帶的地位、千百種社會與情緒的關連。我可以指著自己說「勞爾」，不過這能表示什麼關係？

我懷疑我的語言在他們聽來只是白痴發出的噪音。

他們的世界裡沒有其他生物會說話。沒有任何其他生物有感知能力，更遑論智慧。他們的世界只有一種語言。他們承認我是人類，但是是有瑕疵的人類。我不會講話。我沒有辦法做出連結。

我手邊有一本美國某保育組織發行的雜誌，是先前帶去機場讀的。有一天我拿出雜誌，給對話小組看。他們沒問文章內容，只是隨便看看，我相信他們一定不覺得那是書面文字——只不過二十幾個黑色字母，不停重複，排成直線——一點也不像他們那些盤旋和羊齒葉般相互交纏盤疊的美妙模式。他們倒是看了圖片。那本雜誌裡滿是動物的彩色照片，瀕臨絕種的物種——珊瑚礁和熱帶魚，佛羅里達山獅，海牛，加州禿鷲。雜誌在村裡傳閱，其他村子的人來拜訪、聊天、以物易物時也會要求看。

巡迴教師來時，他們把雜誌拿給她看，她問了我關於照片的事，這也是納莫人絕無僅有嘗試問我問題的一次。我想她問的是這些人是誰？

你知道，他們的世界沒有動物，只有他們自己，還有無害的小型蜜蜂和蒼蠅，負責給植物授粉或分解死物。所有的植物都是可以吃的。這裡的草是一種有營養的穀物。樹有五種，都會結水果或堅果。一種常綠喬木，用作木材，也會結可吃的堅果。灌木只有到處可見的一種，會長出棉花似的纖維，可以用來紡織，根部可以吃，葉子還能泡茶。除了必需的細菌之外，這個世界的動植物只有二三十種，全部（包括細菌在內）都是「有用」而「無害」的——對人類而言。

那裡的生命是工程的產品，是經過設計的。果然是烏托邦。人類需要的東西都有，不需要的東西就沒有。山獅，禿鷲，海牛——誰需要牠們啊？

羅爾南的《次元指南》說納莫人是「偉大古文明的退化後代」，然而情況正好相反。在他們的次元，退化的是生命之網。那裡的生命本來一如我們這個世界，像一幅廣袤、豐富、複雜之至的織錦繡帷，但那個「偉大古文明」卻把它變成了可憐兮兮的一小片。

我確信這可怕的貧瘠發生在那片遺跡的年代。他們的祖先靠著先進的科技，本著最良善的出發點，把他們洗劫得一乾二淨。那些祖先說，我們的世界充滿各式各樣疾病、敵人、廢物和危險——敵意的微生物和病毒感染我們；有毒的雜草四處叢生，我們卻只能挨餓；無用的動物身上有傳染病和毒性，還跟我們競爭空氣、食物和水。這個世界太艱苦了，不適合人居，不適合孩童，他們說，但我們知道怎麼把它變得輕鬆。

於是他們就這麼做了，除去了一切沒有用的東西。他們把一個繁複的巨大模式簡化到不能再簡化的地步。這裡是個育幼室，對小孩很安全；是個主題樂園，人們只須享受，其他什麼都沒得做。

不過納莫人比祖先棋高一著，至少部分如此。他們把這個模式又變回無比複雜、無盡豐富，而且沒有任何理性的用途。他們用文字做到這一點。

他們沒有任何圖像藝術，只用美麗的書法裝飾他們製作的陶器及任何其他物品。他們模仿這個世界的唯一方式就是透過語言文字，亦即讓文字相互發生關係，發展出充滿繁殖力的、不斷改變的複雜性，形成以往從不曾存在的形狀和模式，這些美麗的形式只短暫存在，然後就被其他形式取代。語言就是他們不停繁衍的富饒生態環境。詩就是他們所有的叢林，所有的荒野。

我先前提過，我雜誌裡的照片讓他們很感興趣，他們凝視那些動物照片的眼神，在我看來帶著無法理解的惆悵。我一邊指著寫在旁邊的名字，一邊說給他們聽，他們便會跟著覆述：山—是。圖—就。海—妞。

他們自始至終只聆聽過我語言的這些詞，認出其中含有意義。

我想他們對這些詞的了解，大概跟我學到的他們語言的那些音節不相上下：所知很少，而且八成完全錯誤。

我常在村子附近的古代遺址一帶漫步，有次發現一道牆，由於某個村子拿這裡的石塊當建材，才使這道牆暴露出來。牆上有一幅浮雕，因歲月久遠而磨損模糊，但細看之下圖案仍依稀可辨：列隊行進的人，行列中還有其他生物，雖然看不清是什麼，不過絕對是動物。有些有四條腿，有一隻還有一雙巨大的角或翅膀。這些可能是真的動物，也可能是想像的動物，或者動物神祇的形象。我試著問教師，然而她只說：「奈，奈。」

建築

蒙湯瑪斯・阿塔爾惠允，以下內容摘自其未出版著作《廓夸、瑞希克及杰革遊記》。

廓夸次元頗不尋常，因為那裡有兩種具有理性——或者多少算具有理性——的物種。

達廓族是身材矮壯、膚色偏綠的人形生物，阿夸族則比達廓族高一點、綠一點。兩族雖然源自同一種類人猿祖先，但無法跨族生育繁衍。

大約四千多年前，達廓族發生了《次元百科》所稱的ＥＥＰＴ：人口及科技皆爆炸性擴張（explosive expansion of population and technology）的時期。

在那之前，這兩個物種鮮少接觸。阿夸族住在南大洲，達廓族住在北半球。達廓族人口暴增，占據了北半球的三塊大陸，然後往南擴張，征服世界的同時也順便征服阿夸族。

達廓族試圖用阿夸族當奴隸，負責家務或工廠勞務，卻失敗了。阿夸族雖然沒有侵略性，不過似乎不接受別人的命令。在ＥＥＰＴ高峰期，擴張最快的幾個達廓族國家採取的政策是，以進步之名大肆屠殺「原始」而「不受教」的阿夸族。在赤道地區落腳的屯墾者把剩餘的阿夸族繼續往南逼趕，趕進沙漠和遍布濃密節莖植物叢、勉強可堪居住的海岸地帶。

在達廓族的ＥＥＰＴ時期之中及之後，廓夸的所有物種都深受其害——除了幾種害蟲和無敵又無動於衷的細菌。最後那段生態大災難時期，達廓族的人口四十年內減少了四十億，不過這個物種還是存活下來，生活的規模不大，數目大為減少，對生存比對統治感興趣。

至於阿夸族，在那星球生命網絡迅速破壞及最後毀滅之中，存活下來的數目八成很少，可能僅有幾百人。

祖先的基因來源有限，或許可以解釋阿夸族某些特徵何以幾乎人人都有，可是這些傾向在文化上的表現也那麼一致，就無法解釋了。關於浩劫之前的他們，我們所知甚少，但據稱拒絕接受達廓族命令的這一點，顯示他們當時已經在進行自己的工作。

現在達廓族約有兩百萬人，大多住在南大洲和西北大洲沿岸，組成小城市、城鎮和農莊，務農及從商；他們的科技有效率規模卻不大，同時受限於這個世界耗竭的資源及嚴格的宗教戒律。

阿夸族大約有一萬五千到兩萬人，全住在南大洲，以採集和漁業為生，也有一點有限的、臨時的農業。物種大滅絕後，他們唯一倖存的家畜是獛，那是一種聰明的生物，祖先是集體狩獵的肉食動物。以前有動物可獵的時候，阿夸人帶獛去打獵；浩劫過後，他們現在養獛來馱或拉一些輕型物品，或用來作伴，年月不好的時候也會宰殺來吃。

阿夸族的村子是移動式。打從開天闢地以來，他們的房舍就是以輕便的棍桿搭成骨架，再罩上布料，形成圓頂帳棚，易於搭建、拆除、搬運。他們的生活極為依賴一種節莖植物，那植物四處生長在沼澤般的沙漠湖泊岸邊，以及南大洲赤道地區沿岸。他們採摘新苗當食物，用纖維紡線織布，用莖製作繩子、籃子和工具。把一個地區的這種植物耗用殆盡之後，他們便收起帳棚全村遷移。植物的根仍在，幾年內便會重新長成。

自從幾千年前被達廓族趕進沙漠和節莖植物遍布的海岸以來，阿夸族大多一直住在那裡。然而有些人也來到達廓族城鎮外，做一點以物易物和順手牽羊。達廓族跟他們交易，換取他們耐用的帆布和籃子，對他們的偷竊行為也容忍到令人驚訝的地步。

事實上，達廓族對阿夸族的態度很難定義。其中部分是戒慎；部分是某種不自在，但並非懷疑或不信任；還有部分是一種戒備，而令人驚訝的是並不到敵意或輕蔑的程度，甚至可能有點求和意味。

至於阿夸族對達廓族是什麼想法，就更難說了。兩族溝通用的是一種混合彼此語言一些元素的洋涇濱或黑話，似乎沒有人真正學過對方的語言。這兩個種族似乎安於不建立任何關係地共存。除了在達廓族南方屯墾區邊緣偶爾發生略帶摩擦的接觸之外，他們跟彼此毫無關連——此外還有一種非常奇怪而有限的合作，我只能說跟阿夸族的特有執著有關。

「特有執著」這個詞讓我覺得很彆扭，但「文化本能」更糟。

大約兩歲半到三歲之間，阿夸族的小孩就開始建造。他們青銅綠的小手只要拿到任何可能充當基石或磚頭的東西，都會堆起來蓋「房子」。阿夸族用同樣的詞指稱這些小小建築物和他們所住的桿子加帆布搭成的脆弱圓頂帳棚，但兩者毫不相似，只除了都有屋頂、有門。小孩蓋的「房子」為長方形，平屋頂，總是用結實沉重的材料搭建。這些房子並非模仿達廓族的房子，只能說略有相似之處，因為這些小孩大多從沒去過達廓城鎮，也從沒見過達廓建築。

很難相信是互相模仿造成如此無條件的統一，蓋出來的東西永遠如出一轍；但若說這種建造風格跟昆蟲的本能一樣與生俱來，就更難相信了。

隨著年紀漸長、技術變好，小孩蓋出更大的建築，儘管高度依然不超過膝蓋，不過通道、庭院一應俱全，有時還有搭樓。許多小孩把所有空閒時間都花在找石頭、做泥磚、蓋「房子」。他們不會在建築裡擺上玩具人或玩具動物，也不會講關於這些房子的故事，只是埋頭建造，顯然從中獲得樂趣與滿足。到了六七歲，有些小孩逐漸不再玩建造遊戲，有些其他小孩還是一起繼續努力，通常在感興趣的大人的督導下，蓋出相當複雜的「房子」，不過仍未大到能容任何人進住，小孩也不會在裡面玩。

全村人收拾家當，遷往下一個聚集地或節莖植物叢生處時，小孩也把這些建築拋在身後，一點也不顯得難過。一旦在新地方安頓好，他們又開始建造，常把前一代小孩留在當地的「房子」的石頭拆來用。受歡迎的聚集地會有幾十或幾百座建工紮實的迷你廢墟，住在裡面的只有沼澤地的細長腿「基叩多」或類似老鼠的小型沙漠生物「希齊基」。

阿夸族被達廓族征服之前所居住的地區，從不曾發現這種迷你廢墟。顯然，被征服之前，或者浩劫之前，他們的建造特性沒有這麼強烈，或者根本不存在。

舉行過青少年禮之後，有些直到青春期都還在蓋「房子」的年輕人便會進行第一趟採石之旅。

採石之旅每年一次從阿夸族的領地出發，整趟行程需時兩、三年，之後旅人便回到原生村落定居五、六年。有些阿夸人從不進行採石之旅，有些人會去一次，還有些人一輩子會去好幾次或許多次。

採石之旅的路線是前往東北大洲黎昆的海岸，然後回到梅迪洛，後者是南大洲內陸一片多岩石的高原，離最南邊的節莖植物叢生處很遠。

阿夸族的採石旅人春季出發，從各自的村落走陸路或划節莖植物搭成的小筏，來到西岸接近赤道的小港加特班集合。那裡有一批節莖植物加帆布搭造的帆船在等他們，船上的水手和領航員都是南大洲的達廓族。他們是專業水手，大多捕魚為生，有些人幾十年來每年都「搭載旅人」。阿夸旅人沒有任何報酬可以付給他們，身上只帶著一路要吃的口糧，此外兩袖清風。在黎昆停留期間，這些達廓水手會在附近的富饒水域捕魚、做成鹹魚，這樣一來他們跑這一趟就有利可圖。而若非搭載採石旅人，平常他們從不去黎昆附近的海域捕魚。

這趟航程需時好幾週。北上的航程很危險，年初就得出發，載運岩石的回程才能趕上最合適最有利的季節。在那片波濤洶湧的海域，不時會有幾艘船甚至整批船隊碰上激烈的熱帶風暴，就此一去不回。

一抵達黎昆多岩的海岸，阿夸人便開始工作。在資深採石旅人指揮下，新手搭起圓頂帳棚，放好寥寥無幾的口糧，拿起上一批人留下的工具，爬過陡峭的綠色山崖前往採石場。

黎昆石是一種泛綠、有光澤、質地細緻的石材，容易沿橫斷面解理，所以可以鋸成石塊，或劈成石板或小磚塊，甚至可以削成半透明的薄片。儘管這種石材算是相當輕，但它仍是石頭，一艘十公尺長的帆船載不了多少，因此採石旅人十分仔細估算開採量。他們在黎昆把石頭大致鋸成塊狀，甚至會做一些細部裁切，盡量去除多餘石材，以免浪費船隻空間。他們工作速度很快，因為想在夏至前後的風平浪靜時期啟程回家。工作完成後，他們在懸崖的一處高桿升起旗子向達廓船隊示意，接下來幾天船隻便會陸續抵達。他們把石材搬上船，放在一桶桶醃鹹魚底下，然後啟程南返。

船隻停靠一些達廓港口（通常是水手的家鄉），把船上的魚拿下來賣；之後船隊便全體沿著海岸繼續航行幾百公里，來到卡茲特，那是炎熱沼澤區一處長而淺的港灣，位在節莖植物地帶以南。抵達後，水手幫阿夸人把石材搬下船，但這一段航程他們無利可圖。

我問過一個曾多次「搭載旅人」的船長，她和她的水手為什麼願意送阿夸採石旅人到卡茲特，她只是聳聳肩。「這是協議的一部分。」她說，顯然對這一點沒多想過。稍加思索後，她又說：「要把那些石頭拖過沼澤、弄進內陸，一定累得夠嗆。」

達廓人的船還沒開出港灣，阿夸人已經開始把石材搬上前一趟旅人留在加茲特碼頭的平板推車。

然後他們套上索具，自己拉著這些拖車往內陸走五百公里，爬上海拔三千公尺的高原。

他們一天最多走三、四公里，天沒黑就紮營，各自四散，去採集食物、設陷阱捕捉希齊基，因為這時他們帶的口糧已經不夠了。前往目的地的蜿蜒路徑有好幾條，拖車隊沿著最久沒人走過的那條路前進，這樣沿途獵捕採集的食物才會比較多。

航行海上和停留黎昆期間，採石旅人的情緒通常傾向肅穆而緊繃：他們不是水手，而採石場的工作辛苦操勞。肩上套著索具拉車當然也不是輕鬆的活兒，但他們一路高高興興，邊拉車邊談笑，分享食物，圍坐在營火旁聊天，就像任何一群心甘情願進行一項需要合力完成的辛苦工作的人。

他們討論該走哪條路，討論修輪胎的技術，可是我跟他們同行時，從沒聽他們談過這麼做的抽象意義是什麼，或者這趟旅行的目的為何。

不管走哪條路，最後都得爬上高原邊緣的山崖。等到終於克服最後一段可怕的陡坡，爬上平地之後，採石旅人停下腳步，凝望東南方。一輛接一輛，載著風塵僕僕石材的長扁推車好不容易翻越高原邊緣，停了下來，拉車的人身披套索，沉默地凝視著那棟

「建築」。

支離破碎的生態系統經過幾百年的緩慢恢復之後，開始有足夠數量的阿夸人有足夠食物可吃，因而有足夠的精力從事採集和儲存食物之外的事。於是，在生存依然並不保險的彼時，他們開始了採石之旅。

他們人那麼少，在那麼難以生存的世界，大氣層損毀，遭毒害污染的海洋裡巨大生命循環尚未重建，陸地充滿骨骸、鬼魂、廢墟、枯林、鹽漠、沙漠、化學廢棄物荒地——生活在那樣一個世界的人，怎麼會想到進行這種任務？他們怎麼知道黎昆有他們要的岩石？當初他們是否曾自己設法渡海，不靠達廓族的船隻和導航者？採石之旅的起源是絕對的神祕，但它的目標更加神祕。我們只知道那棟「建築」的每一塊石頭都來自黎昆的採石場，阿夸族三千多年——甚至可能四千年——以來都在持續建造它。

那棟「建築」當然非常龐大，占地數英畝，有數以千計的房間、通道、中庭。在我們所知的任何世界，這絕對是最大的建築物之一，甚至可能就是最大的一座。然而大小、數目、尺寸、比較和頭銜都沒有意義，事實上，以當代地球或古代達廓的技術，十年內就能蓋出比這大十倍的建築。

「建築」的日漸龐大，可能正隱喻或說明了這項事實。

或者，「建築」的規模之大，純粹是因為歷史悠久的關係。最古老的部分跟最外圈的牆距離遙遠，看不出任何跡象顯示當時著手建造的人把它視為——或不視為——一項龐大工程的開始。那部分完全像是阿夸小孩的「房子」的放大版。

「建築」的其他部分都是年復一年添加在這個不起眼的起始之上，風格相當雷同。過了也許幾個世紀，建造者開始在早期「建築」的平坦屋頂上加蓋樓層，不過永遠不超過四層，只有塔樓和尖頂和輕盈的拱形屋頂例外，這些差不多高達六十公尺。「建築」的龐大主體都不超過五、六公尺高。不可避免地，它不斷橫向往外擴張，加上廂房、側翼、連接拱廊、中庭等，如今覆蓋範圍之廣，遠看就像一片奇幻的地形，一片全是銀綠岩石的低矮山景。

儘管「建築」並不像小孩蓋的那麼矮小，奇妙的是，它也不完全是正常比例。以阿夸族的平均身高而言，天花板的高度只能勉強容他們站直，進門則得彎腰低頭。

「建築」沒有任何廢棄或毀損的部分，儘管梅迪洛高原不時會發生地震。損壞之處每年都會修復，不然就拆除，把石材拿來再利用。

建工高超、仔細、確切而精緻。唯一使用的建材就是黎昆石，像木材一般卡榫接合，或者極為精準地搭建鋪排。室內的石材表面通常打磨得絲綢般平滑，戶外的石材表面則保留粗糙，形成對比。石材上沒有雕刻或裝飾，只有薄薄的凸紋或刻線，重複並強調整棟建築的形狀。

窗戶是未經打磨的石頭窗櫺，或者將薄到半透明的石片打洞裝上。窗櫺一再重複的長方形圖案維持優雅的比例：在「建築」的許多（儘管並非所有）房間和門窗上，三比二的長寬比例一再出現。門扇是薄石板，重心和轉軸維持得非常好，推起來非常輕鬆，可以順利開闔。建築內外沒有任何裝潢。

空蕩的房間，空蕩的走廊，一哩又一哩的走廊，無數相似的樓梯、坡道、中庭、天台、精緻塔樓，放眼望去全是一片又一片屋頂、一座又一座塔樓、一個又一個圓頂，層層相連直到遠方；高高的房間由巨大的細工窗戶照明，或者只由泛綠、半透明、斑斑點點的石窗扇透進微弱的光；走廊連接到其他走廊，其他房間、樓梯、坡道、中庭、走廊……這是一座迷宮嗎？是的，到後來難免如此，但這是它原先建造的目的嗎？

阿夸族是個有理性的物種，也有語言。這些問題必須去問他們才能得到答案。麻煩的是，他們有許多不同答案，而這些答案似乎都不大能滿足他們或其他人。

在這一點上，他們就像其他做出不合理行為的理性生物，試著用理性提出合理化的解釋。比方戰爭。我這個物種有很多打仗的好理由，儘管再好也比不上不打仗的理由。我們最理性、最科學的合理化解釋——比方說，我們是一種有侵略性的物種——完全就是循環論證：我們打仗因為我們打仗。對於某一場戰爭，我們的合理化解釋（比方：我們的人民必須有更多土地和更多財富；或者：我們的人民必須有更多權力；或者：我們的人民必須遵從神祇的命令，擊潰不敬神的異教徒）歸納起來只有同一句話：我們必須打仗因為我們必須。我們沒有選擇。我們沒有自由。這論點到頭來並不能滿足理性的頭腦，因為理性的頭腦希望自由。

同樣，阿夸族試圖解釋或合理化他們之所以建造「建築」時，所有的必須都其實不那麼必須，所有的理由也都自相循環。我們進行採石之旅，因為這是我們的傳統。我們去黎昆，因為那裡出產最好的石材。「建築」蓋在梅迪洛，因為那裡地層穩固，空間又大。「建築」是一項偉大工程，讓我們的孩童有所期盼，我們的男男女女可以並肩合作。採石之旅讓我們散居各村落的同胞齊聚一堂。以前我們只是零星四散的貧窮民族，但現在「建築」顯示我們懷有遠大的願景——這些理由都很合理，卻沒有說服力，無法令人滿意。

也許這些問題應該拿去問那些從不曾進行採石之旅的阿夸人。他們並不質疑採石之旅，而且認為那是一件勇敢、艱難、值得、也許神聖的事。那你自己怎麼從沒去過？

——唔，我從沒感覺到需要去。那些去的人都是一定要去的，他們受到了召喚。

至於達廓人呢？對於這棟龐大無匹的建築，絕對是現今他們世界上最大的工程和成就，他們有什麼看法？顯然不以為然。連採石之旅的水手也從來不去梅迪洛，對「建築」一無所知，只知道它在那裡，非常大。西北大洲的達廓人對它的所知更僅限於傳聞、寓言、旅人故事所傳講的南大洲的「梅迪洛宮殿」。有些故事說阿夸國王在那裡過著極盡奢華的生活；有些故事說那是一座比山還高的塔，裡面住著無眼怪物；有些故事說那是一座迷宮，旅人不小心便會迷失在滿是骨骸和鬼魂的無盡走廊；還有些故事說風吹過其中發出呻吟，就像一座巨大的風之豎琴，其聲可遠傳數百哩；等等。對達廓人而言，它是一個傳說，就像他們自己的古代傳說，當時他們強大的祖先飛在空中，喝乾河川，把森林變成石頭，建造比天還高的塔，等等。童話故事而已。

關於「建築」，偶爾會有去過採石之旅的阿夸人說出不一樣的話。要是你問他們，有些人會說：「那是為達廓族蓋的。」

的確，「建築」的比例比較適合較矮的達廓族，而不適合較高的阿夸族。達廓族若去到那裡，可以輕鬆穿梭在走廊與門口之間，不必彎腰駝背。

第一個給我這答案的人，是卡塔斯一名進行過五趟採石之旅的老婦。

「『建築』是為達廓人蓋的？」我嚇了一跳，「為什麼？」

「因為以前的事。」

「但他們又不去那裡。」

「它還沒蓋好。」她說。

「為了報復？」我問，困惑不解。「為了補償？」

「他們需要它。」她說。

「達廓人需要它，但你們不需要？」

「對。」老婦微笑說道。「我們建造它。我們不需要它。」

嵇沂的飛行者

嵇沂人看起來跟我們次元的人很像，只不過他們身上長的是羽毛而非毛髮。嬰孩頭上的細軟絨毛到雛童時變成有斑點的短羽，到青少年期就長成滿頭濃密的羽毛。大部分男人頸背上有翎頷，頭上羽毛較短，還有可以豎直的高高羽冠。男人頭上的羽毛是棕或黑，夾雜各種青銅色、紅色、綠色、藍色的斑紋。女人的羽毛通常較長，有時披垂背後幾乎及地，邊緣柔軟、捲曲、披散，就像鴕鳥尾巴，顏色也很亮麗，有紫、有赤、有珊瑚紅、有土耳其藍、有金。嵇沂人男女的私處和腋下都長有絨毛，全身通常也生有細短羽毛。不穿衣服的時候，身上羽毛色彩鮮豔的人看起來很漂亮，但他們深受蝨子和幼蝨之苦。

換羽不分季節，隨時進行。上了年紀之後，並非所有脫落的羽毛都會長回來，四十歲以上的男女常見塊狀禿，因此大多數人都會把脫落的漂亮頭羽保存起來，留待以後有需要時做成假髮或假羽冠。羽毛天生稀疏或暗淡的人，也可以在專門店買羽毛假髮。他們還流行把羽毛漂淡、或噴金、或燙捲，城市裡的假髮店可以幫你漂淡、染色、噴色或燙捲，也賣時下流行的各式頭飾。貧窮的女人若有一頭特別長而華美的羽毛，常可以用不錯的價錢賣給假髮店。

嵇沂人寫字用羽毛筆。傳統上，做父親的要送一套自己的硬翎毛做的筆給開始學習讀寫的孩子。戀人彼此交換寫情書的羽毛筆，這是個很美的習俗，依裊裊的劇作《誤會》中的著名場景便有提及：

> 哦這枝背叛我的羽毛筆啊，竟把他的愛
> 寫給她！他的愛——我的羽毛，我的血！

嵇沂人是規矩、穩當、傳統的民族，對創新不感興趣，也怯於接觸陌生人。他們很抗拒科技發明和新鮮玩意兒，雖然曾有人試圖向他們推銷原子筆或飛機，或者引誘他們進入電子產品的美妙世界，卻都失敗了。他們繼續用羽毛筆寫信，靠腦袋算數，步行或搭「烏奴奴」（一種像狗的大型動物）拉的車，觀賞用傳統格律寫成的古典舞臺劇，非用不可的時候也會學幾個外文字詞。儘管大量接觸其他次元的各種有用科技、神奇用品、先進科學知識——因為嵇沂是個頗受觀光客喜愛的地方——但嵇沂人似乎絲毫沒有羨慕或貪婪或自卑之意。他們只管繼續按照傳統行事，不能說是冥頑不靈，不過有點枯燥乏味，帶著無所謂而疏遠隔離的禮貌態度，其背後的心理可能是超級自滿，或者其他大相逕庭的想法。

有些其他次元的觀光客比較粗俗，說嵇沂人是鳥人啦、鳥頭鳥腦啦、腦袋裡裝羽毛啦等等等。來自比較活潑的次元的訪客，許多會造訪此地平靜的小城市，搭乘烏奴奴拉的車下鄉兜風，參加毫不刺激卻相當迷人的舞會（因為嵇沂人很愛跳舞），上戲院享受一晚老式娛樂，然而對本地人的輕蔑之心絲毫不減。「有羽毛但沒翅膀」是這種人最常用來歸納的評語。

這種自認優越的訪客就算在嵇沂待上一星期，也可能沒見過半個有翅膀的本地人，更不知道他們以為是鳥或噴射機的東西其實是個正在飛越天空的女子。

除非被問及，否則秭沂人不會談起那些翼人。他們不會隱瞞或說謊，卻也不會主動提供資訊。我是堅持不懈地問了半天，才能夠寫出以下的描述。

翅膀的生長永遠都是在青少年晚期才開始，先前也毫無跡象，直到某一天，十八歲的女孩或十九歲的男孩醒來突然微微發燒，肩胛骨作痛。

之後就是一年多強烈的生理壓力和疼痛，這段期間必須讓他們保持安靜、溫暖，並提供充足食物。除了食物，沒有東西能帶來安慰——剛開始長翅膀的人大部分時間都餓得要命——他們只能裹在毛毯裡，靜待身體架構重新組織、打造、建立。骨骼變得多洞而輕盈，上半身的肌肉結構改變，從肩胛骨冒出的突出骨骼也變成巨大翅膀。到最後一個階段，翅膀長出羽毛，這是不痛的。就羽毛而言，這些主要飛羽可說非常龐大，可能長達一公尺。秭沂成年男性的翼幅可達約四公尺，女性則通常為三公尺半。他們的小腿和腳踝也長出硬羽毛，飛行時加以伸張。

試圖干預、阻礙或停止翅膀的生長都沒有用，反而會造成傷害甚至死亡。如果不容許翅膀發育，骨頭和肌肉會逐漸扭曲萎縮，造成無法忍受、無休無止的痛苦。在任何階段切除翅膀或飛羽，都會造成緩慢痛苦的死亡。

稽沂人中有些最保守、最古老的民族，包括住在冰天雪地北極海岸的部落社會，以及南方寒冷貧瘠大草原的游牧民族，都把翼人這種脆弱的特性納入宗教和儀式行為。在北方，年輕男女一旦出現這些致命跡象，就會被抓起來交給部落長老，舉行類似喪禮的儀式。然後眾人在他們手腳綁上沉重的石頭，列隊行進到下臨大海的高崖，將他們一把推落，大喊：「飛啊！飛給我們看！」

大草原的部落則容許翅膀完全發育，而且長翅膀的年輕人一整年都會受到無微不至的照顧和崇拜。假設出現這些致命症狀的是個女孩好了，她發燒譫妄時，扮演著薩滿巫醫和預言者的角色，僧侶會聆聽她說的每一句話，詮釋給族人聽。等到翅膀發育完全，就會被綁在她背上，整族的人會跟她一起走到距離最近的高處，山崖或峭壁——在那片平坦孤寂的大地，他們可能得走上好幾個星期。

來到高處，他們連日跳舞，並吸入「標標」木濕燒所產生的可引致幻覺的煙霧，隨後幾名僧侶和女孩恍惚地歌舞著走向峭壁邊緣。到這裡，她的翅膀終於被解開，第一次伸展開來，然後她便像離巢的幼鷹，跌跌撞撞跳下懸崖、跳入空中，猛力揮動那雙從沒用過的巨翼。不管她是飛起來還是掉下去，全部落的男人都會興奮尖叫，用弓箭射她，或拿尖銳的獵矛丟她。她被幾十枝箭矛刺穿，往下墜落，撲騰跌落崖底；如果那時她還沒斷氣，他們便用石頭砸死她，接著把石頭堆在屍體上，堆成一座石塚。

在大草原地區，每一座陡峭的山巒或岩壁下都有很多石塚。古代石塚的石頭又可以用在新石塚上。

那些年輕人可能會逃走，試圖逃離這種命運，可是長翅膀過程中的虛弱和發燒令他們寸步難行，永遠逃不了多遠。

莫姆的南方邊境有個民間故事，說一個翼男從祭壇似的峭壁一躍而起，飛得如此強勁有力，竟然逃離了矛箭，消失在天際。原來的故事到此為止，劇作家諾爾維則以此為本寫了一部名為《逾越》的浪漫悲劇。劇中的年輕男子與戀人訂下祕密約會，飛去那裡見她；但她無意間說溜嘴，讓另一個追求者得知此事，於是那人埋伏在該處等待。這對情侶見面擁抱時，追求者擲矛射死了翼男。女孩拔出自己身上帶的刀，殺死凶手，然後——跟還沒完全斷氣的翼男痛苦欲絕地道別之後——自殺。劇情很通俗，不過如果演得好還是很感人，每個觀眾都會含淚看著男主角先是如鷹般降落，臨死前又以那雙青銅色巨翼蓋住戀人。

幾年前，《逾越》的一個版本在我這次元上演，地點是芝加哥的「真正現實劇院」。劇名被譯成《天使的犧牲》或許無法避免，但仍相當不幸。嵇沂人完全沒有任何神話或傳說涉及我們的天使。長著幼小翅膀的甜美小天使的多愁善感圖片，盤旋的守護天使，或莊嚴的神之使者，在他們看來都會是極為惡劣的嘲弄，嘲弄著每個父母和每個青少年恐懼不已的事：一種罕見但可怕的畸形，一道詛咒，一項死刑。

住在城市的嵇沂人，這種恐懼稍減，他們不把翼人視為獻祭的代罪羔羊，而是以容忍甚至同情的態度對待，把他們當作具有最不幸缺陷的人。

我們可能會覺得這種想法很怪。翱翔在困於地面之人的頭頂上，跟鷹鷲競速比快，在空中飛舞，乘風而起，不用搭乘吵鬧的金屬箱，也不用借助塑膠和布料和繩索的組合，而能揮動自己巨大、結實、壯美、開展的翅膀——這怎麼可能不是一種喜樂，一種自由？嵇沂人一定是太冥頑不靈、心胸狹窄、靈魂陰沉，才會把能飛的人視為殘障！

然而他們這麼想確實是有理由的。事實上，嵇沂的翼人無法信任自己的翅膀。

翅膀本身的設計找不出任何缺陷。只要稍加練習，就非常適合短程飛行，也可以輕鬆地乘著上升氣流滑翔盤旋，再多加練習，還可以俯衝翻滾，表演空中特技。翼人完全成熟後，若常飛行，體力會變得很強，幾乎可以毫無時限地停留在空中。許多人也學會邊飛邊睡覺。文獻中有超過兩千哩的飛行記錄，其間只短暫盤旋停留吃東西。這些極長距離飛行大多由女性完成，因為她們身體和骨架較輕，有利於長途飛行。男性的肌肉強而有力，則可以在飛行速度上奪冠，如果有這種獎項的話。但嵇沂人，至少沒長翅膀的大多數，對記錄和獎項不感興趣，尤其是這種競爭的死亡風險很高。

問題在於飛行者的翅膀有時會突然災難性地全面失靈。嵇沂和其他次元的飛行工程師和醫學研究者一直無法解釋原因何在。翅膀的設計本身找不出缺陷，因此失靈必然出於某種尚未發現的生理或心理因素，使翅膀結構與全身其他部分不能相容。不幸的是，事前不會出現任何衰弱跡象，翅膀失靈完全無從預期，突如其來毫無預警。一個成年後飛了一輩子、從沒半點問題的翼人，有可能某天早上騰空而起、飛到高處之後，突然驚恐地發現翅膀不聽使喚了——雙翼在他身側哆嗦、收起、胡亂拍打、癱瘓無力。接著他便從空中直直墜落。

醫學文獻指出，飛行有高達二十分之一的失敗率。我問過的翼人認為翅膀的失靈率絕對沒那麼高，說他們認識一些人天天飛行，幾十年都平安無事。可是這個話題他們不大願意跟我談，甚至可能也不跟彼此談。他們似乎沒有採取任何預防措施或儀式，只把它視為純粹隨機的問題。不管第一次飛還是第一千次飛，都有可能出事，原因何在至今仍然不明——跟遺傳、年齡、經驗多寡、疲乏程度、飲食習慣、情緒、體能狀況等等毫無關係。翼人每一次起飛，翅膀失靈的機率都是一樣。

有些墜落的翼人保住一命，不過再也不飛，因為他們再也不能飛了。翅膀一旦失靈，就再也無法使用，只能癱瘓無力地拖在主人身側、身後，像一襲又大又重的羽毛斗篷。

外地人會問，翼人為什麼不帶著降落傘，以防萬一？他們當然可以帶降落傘，但這是個性問題。會飛的翼人都願意冒翅膀失靈的險，不願冒險的翼人則乾脆不飛。或許該這麼說：將翅膀失靈視為風險的翼人不飛，會飛的翼人則不認為這算風險。

由於切除翅膀會致命，動手術移除翅膀的任何一部分也會造成無藥可治、妨礙生活的嚴重疼痛，因此跌落的翼人和選擇不飛的翼人一輩子都得拖著翅膀，走在街上，上下樓梯。他們不同的骨架結構並不適合地面生活，走路很容易累，也很容易骨折和扭傷。不飛的翼人多半活不到六十歲。

選擇飛行的翼人每次起飛都要面對死亡。然而，也有些翼人活到八十歲還在飛。

他們起飛是相當美妙的景象。看過鵜鶘和天鵝等鳥類起飛時猛拍翅膀的不優雅模樣，我本來以為人類的樣子也會很笨拙。當然，從高處起飛是最容易的，而如果附近沒有這種方便的地方，他們只需跑上二十或二十五公尺，讓伸展的巨大雙翼足以上下拍動兩次，然後一步騰空，就飛起來了，愈飛愈高，一直向上——也許會盤旋繞回上空，向抬頭仰望的其他人微笑揮手，再如流矢一般直直飛去，越過屋頂或山丘。

飛行時，他們雙腿併攏，身體微微後仰，腿羽展開呈鷹尾形，以利飛行。由於手臂跟翅膀的肌肉並無直接關連——稖沂的翼人有六肢——他們可能會將雙手貼在身側，以減低風阻、增加飛速。如果是輕鬆和緩的飛行，雙手也可以同時做任何事——搔頭啦，削水果啦，素描空中鳥瞰的風景啦，抱小孩啦等等。不過最後這一樣我只看過一次，害我為之提心吊膽。

我跟稖沂一位名叫阿迪亞迪亞的翼人談過幾次，以下便是我徵求同意之後所錄下的他的話。

哦，是啊，剛發現的時候——你知道，就是身上開始發生變化的時候——我整個呆掉了。我嚇壞了！根本不敢相信。本來我一直認為這事絕對不會發生在我身上。你知道，我們小時候常會開玩笑，說誰誰不大「腳踏實地」，或者說：「他總有一天會『飛』黃騰達。」但是我？長翅膀？不可能。所以當我開始頭痛，然後牙痛了一陣子，甚至背也開始痛的時候，我都一直告訴自己說那只是牙痛，只是哪裡感染化膿……但是一旦變化真正開始，我就沒辦法再自欺欺人了。那時候真的好可怕，我其實都不大記得了，總之非常難受，非常痛。一開始是像好幾把刀子在我兩肩之間割來割去，好幾隻爪子沿著我的脊梁上下猛刨。然後疼痛擴散到全身，我的胳臂、腿、手指、臉都好痛……我虛弱得連站都站不起來。我下了床，跌在地上，結果爬不起來，只能倒在那裡喊：「媽媽！媽媽，快來！」當時我母親在睡覺。她在餐廳當服務生，工作到很晚，每天回家都三更半夜了，所以睡得很死。我感覺身體下的地板愈來愈燙，因為我整個人在發高燒，想把臉移到地板上比較涼一點的地方都沒力氣……

唔，不知道是疼痛有所減輕，或者只是我逐漸習慣，總之兩個月之後情況稍微好了一點，可是那段日子還是很難熬。而且漫長、乏味、又奇怪，就這麼趴在那裡。而且不能躺。你知道，那種情況根本不能躺。晚上也很難睡覺，總是夜裡痛得最厲害。你總是發著燒，想著奇怪的事，冒出荒唐的念頭；卻又始終沒辦法想清楚任何一件事，抓住任何一個念頭。當時我覺得自己根本沒辦法思考了，只不過是一些想法跑進又跑出我腦袋，我只能看著它們來來去去。而且也沒有任何未來的計畫了，因為這下子我有什麼未來可言？我本來想當老師，母親也非常贊成，還鼓勵我多念一年書，好進師專……唔。我的十九歲生日就是趴在我的小房間裡過的，在蕾絲工人巷那家雜貨店樓上、我們的三房公寓裡。我母親從餐廳帶了些高級菜色回來，還買了一瓶蜂蜜酒，我們試著慶祝，但我不能喝酒，她又哭得吃不下東西。我倒是吃得下，那時我整天餓得要命，這讓她高興了一點……可憐的媽媽！

唔，總之，那個階段逐漸過去，翅膀長出來了，又大又醜又赤裸地垂在那裡，一開始就很噁心，開始長羽毛的時候更難看，幼羽活像超大顆的青春痘。不過當主要和次要羽毛長出來，我開始感覺得到那裡的肌肉，也能抖動、搖晃、稍微舉起翅膀——而且我也不發燒了，或者我已經習慣總是微微發燒，我不大確定到底是哪樣

——我可以下床走動，感覺得到身體變輕了，彷彿重力對我無法發生作用，儘管我背後拖著那兩個大翅膀……但我可以揚起翅膀，讓它們離開地面……

然而我自己無法離開地面。雖然身體感覺很輕，可是就連試圖走路都會讓我累壞，整個人衰弱又發抖。我以前滿擅長跳遠的，如今卻連蹦一下都沒力氣。

當時我已經沒那麼不舒服了，可是身體這麼虛弱讓我很不開心，有種被困住的感覺，覺得很悶。接著一個翼人造訪我們，他住在城北，聽說了我的事。翼人都會關心正在長翅膀、發生變化的孩子。他來看了我兩次，要我母親安心，同時也注意我的健康。我很感激他。他便跟我長談一番，教給我一些可以練習的運動。於是我開始做那些運動，每天做，整天做——一做就是好幾個小時。除此之外我還能幹嘛？以前我喜歡看書，現在似乎沒那個心思了。以前我喜歡看戲，這下也不能去了，我的身體還不夠強壯，而且戲院那些地方也不夠寬敞，不能容納翅膀沒收起來的人。你會占太多空間，造成大家不便。本來我在學校的數學成績很好，這下也沒法專心解題，那些問題似乎都不再重要。於是我無所事事，只能猛做那個翼人教我的運動，我整天做個不停。

那些運動很有幫助。其實我們家就連客廳的空間都不夠，一直無法讓我完全站直伸展，不過我盡量做我能做的。我感覺比較好過一點，身體也變強壯了，終於覺得這雙翅膀是我的，是我的一部分。或者說我是它們的一部分。

緊接著有一天，我再也無法忍受待在室內了。我已經在室內待了十三個月，待在這個三房小公寓，而且大部分時間還在同一間房裡，十三個月！媽媽上班去了，不在家。我下樓，前十階用走的，然後我抬起了翅膀。儘管樓梯間實在太窄，我還是能稍微舉起翅膀，於是我腳步騰空，最後六階是用飄的。唔，多少算是飄啦。到底層著地時，我的腳狠狠挫了一下，膝蓋一軟，但我並沒跌倒。那不是飛，也不完全算跌落。

我走到室外，空氣是多麼美妙。我感覺好像一年沒呼吸過空氣了。事實上，我覺得自己好像一輩子都沒接觸過空氣。就連在那條兩旁滿是房屋的狹窄小街上，都有風在吹，有天空，沒有天花板。頭上的那片天空。那空氣。我想走出巷道，找一個開闊的地方，大廣場或公園之類，任何可以看見整片天空的地方。我看見別人盯著我看，但我不在乎。以前我沒長翅膀的時候，也曾盯著有翅膀的人看，沒別的意思，只是好奇而已。翅膀並不大普遍。以前我有時候會想，不知道有翅膀是什麼感覺，你知道，只是無知而已。所以現在我不在乎別人看我，只是一心想離開有屋頂的地方。我雙腿無力又發抖，不過仍然一直往前走，有時走到街上人不多的地方，還會把翅膀舉起來一點點，展開，感覺空氣在羽毛下流動，腳步也會稍微輕盈一點。

就這樣，我來到水果市場。那時是傍晚，市場關了，攤子都收了，因此中央空出一片鋪石的大空間。我站在金屬化驗所下方做了一會兒運動，伸展、拉筋——那是我第一次可以完全往上拉長身子，感覺棒極了。然後我一邊小跑一邊揚起翅膀，雙腳一度騰空，於是我再也無法抗拒，忍不住拔腿跑起來，翅膀揚起，又揮下，再揚起，然後我就飛起來了！可是面前就是度量衡大樓，眼看著要一頭撞上這棟灰岩建築的正面，我連忙伸出雙手推擋，落回地面。當我轉過身來，眼前就是一整片空間，一直延伸到市場對面的金屬化驗所。於是我奔跑，然後起飛。

我在市場上空來回低飛了一會兒，練習轉身和側飛，學習運用尾羽。一切都相當自然而然，你會感覺到該怎麼做，空氣會告訴你……底下的人都在抬頭看我，我側飛的角度太陡、或者忽然停頓時，他們還會低頭縮躲……我不在乎。我飛了一個多小時，直到天黑，所有人都離開了。那時我已經高飛在建築物上空，但意識到翅膀的肌肉開始疲倦了，最好回到地面。那可不容易。我是說，我著陸得很猛，因為不知道該怎麼降落。我像一袋石頭掉下來，砰！差點扭到腳踝，腳底刺痛得有如火燒。要是有人看到，一定會笑我。我不在乎。只是待在地面上很難受。我討厭待在地上。我一瘸一拐走回家，拖著沒力氣舉起的翅膀，感覺虛弱又沉重。

我花了不少時間才到家，不久後媽媽也回來了。她看著我，說：「你出去過了。」我說：「我飛了，媽媽。」於是她哭起來。

我為她感到難過，可是我其實也不能說什麼。

她連問都沒問我是否打算繼續飛。她知道我一定會的。我不了解那些有翅膀卻不用的人。我想他們是對建立事業有興趣吧。也許他們本來就已愛上某個地面上的人。但那好像……我不知道。我實在不大了解怎會有人想要留在地上，或選擇不飛。沒翅膀的人是沒辦法，困在地上不是他們的錯，不過要是你有翅膀……

當然，他們可能怕翅膀失靈。不飛，就不會發生翅膀失靈這種事。一個從沒發揮過作用的東西怎麼可能失靈？

我想，對某些人來說安全是很重要的吧。他們有家庭、有責任、有工作或什麼的。我不知道。你得去問他們。我是個飛行者。

我問阿迪亞迪亞他以什麼為生。跟許多飛行者一樣，他在郵局兼差，多半負責遞送政府文書，以及長程甚至寄往國外的郵件。郵局方面顯然視他為能幹可靠的員工。他告訴我，若是郵件特別重要，郵局總是會一次派出兩名飛行者，以防其中一人翅膀失靈。

他三十二歲。我問他結婚沒，他告訴我飛行者永遠不結婚，認為婚姻配不上他們。「飛逝的戀情。」他帶著淡淡微笑說。我問他，飛行者是否向來只跟同類戀愛，他說：「哦，是的，當然啊。」無意間流露出他對於跟非飛行者歡愛感到驚訝或不齒。他的態度和悅有禮，非常客氣，卻還是難以掩藏他認為自己跟沒翅膀的人不一樣也不相干，毫無瓜葛。高高在上的他，怎能不小看我們？

對於他的優越感，我稍加追問，他也試著解釋。「我先前說過，我感覺我就是我的翅膀，你知道？——就是那種感覺。一旦能飛之後，其他事都顯得很無趣，人們做的事都顯得微不足道。飛行是完整的，足夠的。我不知道你能不能了解。飛行就是你的整個身體，整個自我，高高在整片天空中。天氣晴朗的時候，你飛在陽光裡，一切都在遙遠的下方……或者在暴風雨中乘著強風——飛在大海上，那是我最愛的地方。暴風雨中的大海上。漁船都匆匆趕回港邊，整個大海都是你的，天空滿是雨水和閃電，雲層在你的翅膀下。有一次，在艾莫角外海，我跟好幾個水龍捲共舞……飛行需要投入一切。你所是的一切，你所有的一切。因此，一旦掉下去了，就是整個掉下去。而在海上，要是你掉下去了，一切就到此為止，誰會知道，誰在乎？我不想被埋在地底。」一想到這，他打了個哆嗦，我可以看見他翅膀上那些又長又重、青銅與黑色夾雜的羽毛微微顫動。

我問，飛逝的戀情是否有時會生下小孩，他無所謂地表示當然會。我繼續問下去，他說小孩對女性飛行者而言是一大困擾，因此一待斷奶，小孩通常就「留在地上」，交給親戚撫養。有時候做母親的割捨不下，會自願留在地上照顧小孩。說到這裡，他顯得有點不屑。

飛行者的孩子並不比一般小孩更可能長翅膀。該現象與遺傳無關，而是普遍分布在所有嵇沂人中的一種發育疾病，發生機率不到千分之一。

我想阿迪亞迪亞不會接受疾病這個詞。

我也跟一個有翅膀但不飛行的嵇沂人談過，他答應讓我錄音，只是要求匿名。他在嵇沂中部某個小城市一家很有規模的法律事務所上班。

他說：「沒，我從來沒飛過。我是二十歲時病的。本來我還以為我已經過了那個年齡、安全了，所以那真是一大打擊。家裡花了一大筆錢，省吃儉用送我上大學，我的成績也很好，我喜歡念書，有那個頭腦。損失一年時間已經夠糟了，我才不打算讓這件事耗掉我一輩子。對我而言，翅膀只是累贅，是多出來的障礙，妨礙我走路、跳舞，使我無法以文明的姿勢坐在正常的椅子上，也不能穿像樣的衣服。我拒絕讓這種東西阻撓我的教育、我的人生。飛行者都很笨，他們不長腦子，只長羽毛。我才不打算拿我的大腦去交換在屋頂上方亂飛的機會。我對屋頂下的事物比較感興趣。我不喜歡風景，比較喜歡人群，而且我想過正常的人生，想結婚生子。我父親是個好人，我十六歲時他就過世了，我一直都認為，要是我對我的小孩能像他對我們那麼好，那就是一種向他表示感謝的方式，一種紀念他的方式……我很幸運，遇到一個沒有被我的殘障嚇跑的美女。事實上，她不准我說這是殘障。她堅持，這個東西——」他頭朝翅膀的方向微微一偏——「是她第一眼看上我的地方。她說我們剛認識時，她覺得我相當呆板無趣，直到我轉過身去。」

他頭上的羽毛是黑色，羽冠是藍色。他的翅膀雖然被壓平、綁住、束起——不飛的人的翅膀都是這樣，以免礙事，也盡可能不惹人注目——但仍長滿華美羽毛，有著深藍和孔雀藍的圖案，加上黑色條紋和邊緣。

「總之，我下定決心要腳踏實地，在每一方面都如此。就算我年輕時曾短暫想過要亂飛一陣——不過我從沒真的這樣想過——當發燒和胡思亂想的時期結束，我接受了那整個痛苦又浪費的過程之後——就算我曾想過要飛，一旦結了婚、有了小孩，就再也、再也沒有任何事能誘使我去渴望那種生活，即便是淺嘗即止，我也一分鐘都不會考慮。那實在太不負責任，太傲慢了——那種傲慢令我非常厭惡。」

然後我們談了一會兒他的法律業務，他專門幫助窮人對抗騙子和奸商，相當令人敬佩。他給我看了一張很吸引人的畫像，是他用自己的羽毛做成筆，畫他十一歲和九歲的小孩。這兩個小孩長出翅膀的機率跟每個秸沂人一樣，都是千分之一。

離開前不久，我問他：「你會不會夢想飛行？」

一秉律師本色，他沒有立刻回答，只是看向窗外。「誰不會呢？」他說。

不死之島

有人問我是否聽過延迪次元有不死之人，另外又有人告訴我確有此事，所以我去延迪時，就問了一下。旅行社的人遲疑片刻，才在地圖上指出一個叫做「不死之島」的地方給我看。「你不會想去那裡的。」她說。

「是嗎？」

「唔，那裡很危險。」她說，看著我的表情彷彿認為我不是喜歡冒險犯難的人，這一點她完全正確。她是個相當粗魯的本地旅行社業務，不是跨次元事務署的人。延迪不是熱門旅遊地點，很多方面都跟我們的次元太像，似乎不大值得特別跑去。然而其實還是有些地方不一樣，只是並不明顯。

「那裡為什麼叫不死之島？」

「因為那裡有些人是不死之身。」

「他們不會死？」我問，對翻譯器的正確度向來不大放心。

「他們不會死。」她無所謂地說。「倒是呢，普林裘群島很漂亮哦，適合度假休息兩星期。」她的鉛筆在地圖上往南移，橫越延迪大海。我的視線仍留在不死之島那單單一個大島上。我伸手指了指。

「那裡——有沒有旅館？」

「那裡沒有旅遊設施。只有給淘鑽石客住的小屋。」

「那裡有鑽石礦？」

「八成有吧。」她說，態度變得相當不屑。

「那裡為什麼危險？」

「因為蒼蠅。」

「那些蒼蠅會咬人嗎？會傳染疾病嗎？」

「不會。」現在她完全擺出一張臭臉了。

「我想去那裡幾天試試看，」我說，盡可能展現我的魅力。「只是看看我勇不勇敢。要是我害怕了，就會立刻回來。幫我訂個回程隨時可以改的機位。」

「沒機場。」

「這樣啊。」我說，更使勁發揮我的魅力。「那我該怎麼去那裡？」

「坐船。」她說，對我的討好無動於衷。「一星期一班。」

既然她愛理不理，我也不用低聲下氣了。「好得很！」我說。

離開旅行社時，我心想，至少那裡不會像拉普達。我小時候讀過《格列佛遊記》，那是稍有縮減、而且八成大幅淨化過的版本。我對那本書的記憶就像其他童年回憶一樣，直接、片段、鮮活——在一大片茫然遺忘之中有若干特別鮮明的點。我記得拉普達是飄浮在半空中的，所以要搭飛船才能去。此外我記得的其實很少，只記得拉普達人是不死之身，還有那是格列佛四趟旅行中我最不喜歡的一段，認為那是寫給大人看的，對當時的我而言這點可是罪無可逭。拉普達人是不是身上有班點或痣之類的特徵？是不是學者？而他們會變得老耄昏聵，永遠活在痴呆失禁中——或者這是我自己想像出來的？總之他們有某種令人不快的東西，諸如此類，寫給大人看的東西。

但現在我在延迪，這裡的圖書館沒有綏夫特的作品，我沒法去查。不過，既然離船班出發還有一整天的時間，我便去圖書館找不死之島的資料。

恩敦中央圖書館那棟堂皇的老建築裡有各式便利的現代設施，包括閱讀器。我請一位館員幫忙，他拿來了波茲宛的《探索》，這本書寫於大約一百六十年前，我從中抄得以下的資訊。波茲宛寫作當時，我所在的這個港市安里亞尚未建立，大批屯墾者也未從東部湧入，此處沿岸的居民是四散的部落，以牧羊耕作為生。波茲宛對他們的故事很感興趣，態度雖有點自視高人一等，不過並不無知。

「西岸各民族有一則傳說，」他寫道：「提到恩敦灣以西兩、三天航程處有座大島，住著永遠不死的人。我問過的人對這座不死之島都耳熟能詳，有些人甚至告訴我他們族裡有人去過。由於眾人對這故事的說法都很一致，引起我的興趣，決定一探真假。等到馮終於修好了我的船，我便從恩敦灣出海，往西航向大延迪海。由於順風，航行相當順利。

「第五天中午左右，我望見了那座島。島的地勢低平，看來南北長至少十五哩。

「船逐漸接近岸邊，那一帶完全是鹹水沼澤地。時值退潮，天氣又濕熱得令人難以忍受，沼澤泥濘的腐臭味使我們保持距離，直到終於看見沙灘，我才將船駛入一處小海灣，不久便看見一條溪流入海口處有座小鎮。我們在一處粗糙失修的碼頭繫泊，帶著難以言喻的心情（至少我是如此），踏上這座據稱擁有永恆生命之祕的島嶼。」

我就代波茲宛長話短說吧，他廢話太多，而且一天到晚都在找馮的麻煩，把大部分工作都丟給馮做，也不認為馮有什麼難以言喻的心情。總之他和馮在小鎮繞了一圈，看見一切都破破爛爛，平凡無奇，唯一的特點只是大群大群的蒼蠅，多得夠嗆。每個人從頭到腳包著薄紗衣物，所有門窗都裝了紗網。波茲宛料想這是因為蒼蠅咬人咬得凶，但發現其實不然；他說，這些蒼蠅是很煩人沒錯，不過咬人並不痛，被咬處也不會腫或癢。他想也許這些蒼蠅會傳染什麼疾病，詢問島民，他們卻說他們從來不知道什麼病不病的，只有大陸那邊過來的人才會生病。

聽到這，波茲宛當然很興奮，便問他們會不會死。「當然會。」他們說。

他沒提他們還說了什麼，但想來他們把他當作又一個大陸來的白痴，專問蠢問題。他不高興了，開始數落他們多麼落後、無禮，食物又難吃得要命。他在某間小屋很不痛快地住了一晚，第二天往內陸探索了幾哩，只能步行，因為沒有其他交通工具。在沼澤附近的一個小村子，他看見了——以他的話來說——「確鑿的證據，證明島民宣稱從不染病只是信口開河，甚或是更邪惡的謊言：因為我從沒見過這麼可怕的尤瑞巴病例，就算在洛托戈的荒野也不例外。那個可憐病人的性別不明，雙腿只剩殘肢，整個身體彷彿被火燒融，只有一頭白髮仍十分茂密，又長又髒又打結——就像為這幅悲哀景象戴上了恐怖的皇冠。」

我查尤瑞巴的意思，這是一種類似痲瘋的疾病，延迪人懼之如蛇蠍，就像我們害怕痲瘋；但它比痲瘋更危險，一接觸到病人的唾液或任何分泌物就可能感染，而且沒有疫苗，也無藥可治。看到一些小孩就在尤瑞巴病人附近玩，波茲宛嚇壞了。他顯然教訓了村裡的一個女人，說他們不注重衛生，女人生氣了，也反過來教訓他，叫他不要瞪著別人看。她抱起可憐的尤瑞巴病人，「彷彿那人是五歲小孩」，抱進自家小屋，然後端著滿滿一缽不知什麼東西出來，嘴裡還大聲嘟囔著。這時，馮（我很同情他）建議他們該走了。「對於同行者毫無根據的擔憂，我讓了步。」波茲宛說。當天傍晚，他們便駕船離去。

我不能說這段記述加強了我造訪該島的興趣。我想找些更近代的資訊。先前那位圖書館員晃走了，延迪人似乎總是這樣晃來晃去。我不知道怎麼用主題分類目錄檢索，不然就是他們的分類比我們的電子分類目錄更難理解，再不然就是那圖書館關於不死之島的資訊少得出奇。我只找到一篇論文，標題為〈阿亞的鑽石〉——阿亞是那座島的別名。這篇文章太技術性了，閱讀器無法處理，轉換出來的內容東空一塊西缺一塊，我看得一頭霧水，只知道那裡顯然沒有礦藏，鑽石並非深埋地下，而是就散布在地表——我想我這個次元的非洲南部有一處沙漠也是這樣。由於阿亞島多森林沼澤，在雨季的大雨沖刷或土石流崩塌之下，鑽石便裸露出來。很多人去那裡四處尋找鑽石，可是產量並不多，只偶爾出現一顆大的，足以繼續吸引其他人去。島民顯然從不參與尋找鑽石，事實上，有些大惑不解的淘鑽石客宣稱當地人會把找到的鑽石埋起來。如果我沒會錯意，曾在該島發現的一些鑽石以我們的標準看來簡直巨大無比：人們以「一團」或「一坨」形容之，通常是黑色或深色，偶爾也有透明的，重量可能高達五磅。但文中完全沒提到如何切割這些巨大原石，用途為何，或者市場價格如何。顯然延迪人不像我們把鑽石看得那麼貴重。這篇論文有種毫無生氣、幾乎躲躲藏藏的語調，彷彿談的是件有點羞恥的事。

如果那些島民真的知道什麼「永恆生命之祕」，圖書館裡應該會有多一點關於他們和那個祕密的資料吧？

第二天早上我之所以去到碼頭，完全是因為頑固，或者是不甘回去向那個晚娘臉的旅行社業務承認自己錯了。

看見要搭的船，我高興起來，那是一艘漂亮的小型輪船，客房大約三十間。它航程兩星期，目的地不只阿亞，也包括阿亞以西的好幾座島。我只去一星期，回程會搭它的姊妹船回來。或許乾脆就留在船上，來一趟兩星期的遊輪之旅？船上的工作人員說那也沒問題。關於行程安排，他們的態度很隨意，甚至有點懶散。我發現延迪人好像普遍無精打采，注意力容易渙散。但我的同船旅客並不挑剔，而且船上供應的鮮魚沙拉滋味絕佳。我連著兩天都待在頂層甲板，看海鳥俯衝、紅色大魚跳躍，半透明的有翼生物在海面上盤旋。

第三天清晨，我們看見了阿亞。河口海灣處沼澤的氣味真的很讓人退避三舍，不過先前跟船長的一席談，讓我決定還是要造訪阿亞，因此我下了船。

船長年約六十，向我保證島上的確有不死之人。他們並非生下來就是不死之身，而是被島上的蒼蠅叮咬，感染了永生不死。他認為那是一種病毒。「你最好採取一些預防措施。」他說。「那很罕見，我想近一百年來都沒有新的病例——也許更久。只是最好別冒這個險。」

我思索片刻，以盡可能委婉的措辭——儘管用翻譯器很難委婉得起來——問他，應該也會有人想要逃離死亡——也會有人特別跑去那座島，就是希望被那些活跳跳的蒼蠅咬吧。是不是有什麼我不知道的缺點，某種太過高昂的代價，連永生不死都不值得用以交換？

船長思考我的問題。這人說話慢條斯理，什麼事也不能讓他激動，近乎多愁善感。「我想是的。」他看著我。「你可以自己判斷。」他說。「等你去過那裡之後。」

然後他就不肯再說了。當船長的人就有這種特權。

船沒有開進港灣，而是由一艘小船划出來接乘客上島。只有船長和兩名水手看著我（我從頭到腳包著一襲輕薄卻結實的紗質防護衣，是從船上租來的）爬下繩梯，上了小船。我揮手道別，船長點點頭，一名水手也揮揮手。我感到害怕。不知道自己在怕什麼只讓我更加害怕。

把船長和波茲宛說的話加在一起，永生不死的代價似乎就是那可怕的尤瑞巴病。但對此我幾乎毫無證據，而且又感到萬分好奇。如果有一種能讓人永生不死的病毒出現在我的國家，相關單位一定會投下大筆金錢去進行研究；如果它有不好的作用，科學家會以基因改造方式去除，談話節目也會嘰哩呱啦說個不停，新聞主播會對此發表一些嚴肅看法，教宗也會發表嚴肅看法，其餘所有宗教領袖亦然，而市場和貨源則都會落入超級有錢人的手裡。然後超級有錢人就會變得跟你我更加不同了。

我很好奇這一切為什麼都沒在這裡發生。延迪人顯然對永生不死的機會毫無興趣，圖書館才會幾乎什麼資料都沒有。

隨著小船駛近城鎮，我發現那個旅行社業務講話有點不大牢靠。這裡確實有過飯店——頗大的兩家，各有四層樓。兩家都一望可知早已廢棄，招牌歪了，窗戶不是已釘上木板就是空無一物。

划船的是個小夥子，就那身包得密實的薄紗防護衣能看到的範圍而言，他相貌相當端正。他朝著我的翻譯器說：「要去淘鑽石客的小屋嗎，女士？」我點頭，他俐落地把船划進碼頭北端一處小繫泊處。港口今非昔比，歪倒冷清，沒有大船，只有兩艘拖網漁船或捕蟹船。我踏上碼頭，緊張地環顧四周，但此時尚不見蒼蠅蹤影。我給了船夫兩拉德羅，他感激得主動帶我走上街——一條悲哀的小街——前往淘鑽石客小屋。那裡有八、九棟失修的小木屋，老闆是個無精打采的女人，講話速度很慢但沒有任何標點，她說：「去住四號屋因為那間的紗窗紗門最結實早餐八點晚餐七點十五拉德羅如果我要午餐飯盒就多加一塊半拉德羅。」

別的小屋都有人住了。浴室的馬桶某處有點小小的、持續不斷的漏水，滴……滴，我找不出到底哪裡在漏。晚餐和早餐用托盤送來，還算可以下嚥。蒼蠅在一天最熱的時間蜂擁而至，卻沒像我預期的那麼多、那麼可怕。紗窗紗門就足以擋住牠們，薄紗防護衣也使你免受叮咬。這些蒼蠅顏色偏棕，體型小，看起來不堪一擊。

那天和翌日早晨，我在鎮上四處逛（怎麼也找不到哪裡有寫鎮名），感覺延迪人容易沮喪的傾向在此可說跌到谷底，低落得不能再低了。島民是一群悲哀的人，無精打采，毫無生氣。我的大腦自動翻出這個詞，盯著不放。

我醒悟到，要是不鼓起勇氣問些問題，那我整個星期都會在沮喪中虛度。我看見那個船夫小夥子在碼頭上釣魚，於是過去跟他交談。

「你可以跟我講講不死之人的事嗎？」幾句斷斷續續的問候閒聊之後，我問他。

「唔，要找它的人大部分都到處走來走去。在樹林裡。」他說。

「不，我不是說鑽石。」我邊說邊查對翻譯器。「我對鑽石其實沒什麼興趣。」

「沒人有什麼興趣了。」他說。「以前有很多遊客和淘鑽石客。我猜他們現在都去做別的事了吧。」

「但我在一本書裡讀到，這裡有人活非常、非常久——事實上那些人不會死。」

「是的。」他平靜地說。

「鎮上有不死之人嗎？你有沒有認識的？」

他檢查一下釣魚線。「唔，沒有。」他說。「很久以前多了個新的，那是我爺爺那時候的事，不過那個去了大陸。那一個是女的。我猜村裡還有一個舊的。」他朝內陸的方向點點頭。「我母親看見過一次。」

「如果可以，你想不想長壽？」

「當然啊！」他說，以延迪人而言態度算是非常熱切。「你知道。」

「不過你不想成為不死之身。你有穿防蠅的薄紗衣。」

他點點頭。這整段對話在他而言沒什麼好討論的。他戴著薄紗手套釣魚，透過薄紗面罩看世界。這就是人生。

小店老闆告訴我，村子在當天步行可達的範圍，還告訴我路怎麼走。無精打采的房東太太幫我做了份午餐飯盒。我翌晨出發，起初有一群群為數不多但緊跟不捨的蒼蠅為伴。一路上沒什麼可看的，這附近地勢低矮潮濕，然而陽光溫和宜人，蒼蠅後來也終於撤退。出乎意料地，我還沒覺得餓到想吃飯，就已經走到了村子。島民一定很少走路，速度也一定很慢。不過這一定就是那個村子沒錯，因為他們口中的村子只有一個，就是「村子」，同樣也沒名字。

村子又小又窮，景象很是悲哀：六、七棟木屋，頗類似俄式木屋，底層墊高離地，不直接接觸泥濘。有點像珠雞、顏色是泥棕的家禽滿地亂跑，啼聲低軟，吵鬧不休。我走近時，看見兩個小孩跑開躲起來。

就在那裡，靠在村子的水井旁，就是波茲宛寫過的那個形體，跟他描述的一模一樣——沒有腿，看不出性別，臉孔幾乎毫無五官輪廓，瞎眼，皮膚像嚴重燒焦的麵包，一頭又濃又髒、糾結成塊的白髮。

我停下腳步，嚇壞了。

一個女人從剛才小孩跑進的小屋走出，走下疏疏落落的臺階，走向我。她朝我的翻譯器比個手勢，我自動把翻譯器湊過去，讓她對著它說話。

「你是來看不死之人的。」她說。

我點頭。

「兩塊半拉德羅。」她說。

我掏出錢，交給她。

「這邊走。」她說。她衣著蔽舊，也不大乾淨，但容貌姣好，年約三十五，語氣和動作果決乾脆，這在此地可不常見。

她逕直帶我走到井邊，停在那靠在井旁一張無腿帆布椅上的生物面前。我不敢看那張臉，也不敢看那隻殘缺得可怕的手。另一隻手臂則只剩一半，僅存手肘上方的一圈焦黑。我轉開視線。

「您眼前的就是本村的不死之人。」女人以經過練習的、導遊解說式的樣板聲調說。「它在我們這裡已經好多好多個世紀了。近一千多年，它屬於羅亞家族，照顧不死之人是我們家族的職責和光榮。餵食時間是早上六點和晚上六點，它吃牛奶和大麥湯。

它的胃口很好，健康情況良好，沒有任何疾病，沒有尤瑞巴。它的腿是一千年前在一場地震中斷的。它還遭受過火災和其他意外的損傷，後來才歸我們羅亞家族照顧。根據我們的家族傳說，這位不死之人曾是個英俊青年，在沼澤打獵為生，過了很長一段時間，等於正常人的好多輩子。據信那是兩、三千年前的事了。不死之人聽不見您說的話，也看不見您，不過很樂意接受您為它的健康祈禱及捐獻，因為它的食物和住所完全靠羅亞家族提供。非常謝謝您。有什麼問題歡迎提出。」

過了一會兒，我說：「它死不了。」

她頷首，臉上沒有表情；並非無動於衷，只是不流露情緒。

「你身上沒有套著薄紗。」我說，忽然意識到這一點。「剛剛的小孩也沒有。難道你們——」

她再度搖頭。「太麻煩了。」她靜靜說道，語調不再公事公辦。「小孩總是會把薄紗穿破。反正我們這裡沒有很多蒼蠅。而且只有一個。」

的確，蒼蠅好像都集中在鎮上，以及鎮外施了大量堆肥的田地。

「你是說一次只有一個不死之人？」

「哦，不是。」她說。「還有別的，到處都有。在地底。有時候會被人發現。當紀念品。那些真正很老的。我們這個還年輕，你知道。」她看著不死之人，眼神疲憊但仍表示「這是我的」，就像做母親的看著一個並不特別討喜的嬰孩。

「鑽石？」我說。「鑽石就是不死之人？」

她點頭。「經過一段很長的時間之後。」她說著移開視線，望向環繞村子的沼澤平原，然後再轉回來看我。「去年大陸來了個男人，是個科學家。他說我們應該把不死之人埋起來。這樣它才會變成鑽石，你知道。但他又說要過幾千幾萬年才會變。要是我們把它埋了，它就得一直在地底挨餓受渴，沒人照顧。活埋人是不對的。照顧它是我們家族的職責。而且要是埋了它，就不會有遊客來了。」

這回輪到我點頭了。這情況牽涉的倫理問題不是我能評斷的。我接受她的選擇。

「你要不要餵它吃東西？」她問，顯然我還算跟她滿投緣的，因為她對我露出微笑。

「不用了。」我說。我必須承認，接著我哭了。

她走近我，拍拍我的肩。

「這真的非常、非常悲哀。」她說著，再度微笑。「但孩子們喜歡餵它吃東西。」她說。「遊客付的錢對家計也有幫助。」

「謝謝你的仁慈。」我說著擦擦眼睛，又給了她五拉德羅，她感激地收下。我轉身走過沼澤平原，走回鎮上，等了四天，等姊妹船從西邊開來，然後那個善良小夥子划船載我過去，我離開不死之島，不久也離開了延迪次元。

我們是碳基的生命型態，這是科學家說的，不過人體要怎麼變成鑽石我不知道，除非其中有某些精神面的因素，也許是真正無休無止的苦難所造成的結果。

也許「鑽石」只是延迪人用來稱呼那一團團不成形體的形體的名字，一種美化的說法。

至今我仍然不確定村裡那女子說「只有一個」是什麼意思。她指的並非不死之人。當時她是在解釋為什麼沒有保護自己和小孩不受蒼蠅咬，為什麼她認為風險沒有大到值得這麼麻煩。有可能她的意思是，在島上沼澤地那一群群蒼蠅中，只有一隻蒼蠅，一隻不死的蒼蠅，會使牠咬過的受害者感染永恆的生命。

攸尼的紊亂

你會聽說一些不該去的次元，一些連短暫造訪都不應該的地方。有時候，在機場酒吧的震天吵雜中，你會聽到隔壁桌的男人壓低聲音交談，比方：「我告訴過他麥道威在革聶根發生了什麼事。」或者：「他以為他應付得了法費佐阿那裡的人。」然後擴音器轟然傳來粗礪尖銳的廣播聲：「往某某的XX號班機，現在由N號門登機」，或者：「唏哩嘩啦．呱嚕呱嚕請接內線電話」，淹沒了所有其他人的聲音，也趕走一些可憐人的睡意和希望，他們癱在鋼鐵椅腿釘死在地上的藍色塑膠椅裡，本想趁轉機空檔補眠休息一下；於是隔壁桌的對話聲便聽不見了。當然，那些男人可能只是在吹牛誇大，好讓自己的人生光鮮一點；要是革聶根或法費佐阿真的那麼危險，跨次元事務署會警告大家不要去——就像他們警告大家不要去祖埃荷一樣。

眾所周知，祖埃荷次元異常薄弱。一般體積與密度的訪客有可能壓破穿透祖埃荷纖細的現實經緯，破壞一整個地區，造成當地人的不幸。一個不為他人著想的無知入侵者，就可能永遠損傷甚至撕裂對祖埃荷人而言極其重要的感情關係。至於入侵者本身則不會受到太大影響，頂多只是突兀地回到自己的次元，有時姿勢特異或頭下腳上，這樣雖然尷尬，但畢竟在機場四周都是陌生人，就算丟臉也沒什麼嚇阻力。

我們都很想親眼看見羅爾南《次元指南》圖片裡的納吉霍亞月長石塔、無垠無涯的迷霧大草原、朦朧的瑟祖森林、祖埃荷的美麗男女——他們的衣服和身體都有點半透明，眼色淡灰，暗銀色的頭髮纖細得你手摸到了都沒感覺。這麼美麗的次元不得造訪，是件悲哀的事，幸而有曾經驚鴻一瞥的人將它描述給我們聽。不過，還是有些人會去那裡。普通自私的人入侵祖埃荷，用的是耳熟能詳的理由，就是他們自認跟其他跑去破壞祖埃荷的人都不一樣。極度自私的人去祖埃荷則是為了誇耀，正因為那裡如此脆弱、易受摧毀，所以可以當作戰利品。

祖埃荷人本身太溫和、太緘默、太模糊，無法禁止任何人進入。他們那雲般飄渺的語言裡只有條件句，動詞甚至沒有直述語態，更別說祈使語態了。他們有千百種不同的方式表達也許、可能、恐怕、儘管、如果……卻沒有「是」，沒有「否」。

因此，在該地入口處，跨次元事務署設的不是飯店，而是一張網，一張結實的尼龍大網。任何抵達祖埃荷的人——包括意外來到的人——都會跌進這張網，全身灑滿浴羊藥液[1]，拿到一份用四百四十二種語言清楚表示警告的小冊子，然後立刻被送回他們原來的、雖沒那麼吸引人但比較堅固的次元，而且跨次元事務署會確保他們回去的姿勢是頭下腳上。

在我去過的次元裡，只有一個地方是我真的不建議任何人去，自己也絕對不會再去的。我並不確定那裡算不算危險。我沒能力判斷危險與否，只有勇敢的人才有這資格。對一些人來說，刺激驚險是人生的調味料，不過對我而言，那卻會讓人生頓失滋味。只要我一害怕，食物便味同嚼蠟（性行為使身體和靈魂都處在易受傷害的脆弱狀態，我敬謝不敏），言語失去意義，思緒亂成一團，愛意陷入癱瘓。我知道，懦弱到這個程度也挺稀罕的。許多人要在極端情況下——比方人懸在半空中，牙齒咬著一根磨損快斷的繩子，繩子用迴紋針別在一個漏氣的熱氣球上，氣球則飛在大峽谷上空——才會感到的驚恐，我光是爬上三級梯子往餵鳥器裡添加小米就體驗得到。而且他們會覺得那經驗非常令人振奮，一待骨折的骨盆痊癒之後就跑去學跳傘。我則慢吞吞爬下梯子，緊抓著門廊欄杆不放，發誓再也不爬到六吋以上的高度。

所以除非絕對必要，我絕不搭飛機，而一旦真的困在機場，我也不會跑去那些危險的次元，只找無聊、平凡、複雜的次元，在那裡我可以不至於嚇得六神無主，只保持普通害怕就好，膽小鬼大部分時間都是這樣。

在丹佛機場錯過接駁班機、打發時間的時候，我跟一對去過攸尼的友善夫婦聊了起來，他們告訴我那地方「很不錯」。因為他們都上了年紀，先生帶著一臺昂貴的Ｖ８攝影機和其他礙手礙腳的電子設備，太太穿著緊身褲和非常不適合冒險的白色楔形底涼鞋，我便以為會讓他們這樣說的地方一定並不危險。這樣想實在太笨了。我早該警覺到他們不大擅長形容。「那裡很熱鬧。」先生說。「但都跟這裡差不多。不是那種很外國的外國地方。」太太加了一句：「就像故事書裡的地方！跟電視上看到的一樣。」

就連聽到這兒，我都沒起戒心。

1 sheepdip，剪羊毛前噴灑在羊身上的藥劑。

「那裡天氣很好。」太太說。先生補充道：「多變化。」

這沒關係。我有帶一件防水薄風衣。我那班往曼斐斯的班機還要一個半小時才起飛。於是我去了攸尼。

我住進「跨次元飯店」。櫃檯上一個牌子寫道：**歡迎我們來自星空次元的朋友們！**櫃檯裡一個蒼白、粗壯的紅髮女人遞給我翻譯器和一張該城的導覽地圖，也指著一個大牌子給我看：**體驗我們美麗攸尼的虛擬真實之旅，每二十伊資！分一趟。**

「不容錯過。」她說。

一般而言，我對「虛擬經驗」敬而遠之，那些影片拍攝的天氣總是比你所在的今天好，而且抹煞了你即將看到的一切事物的新鮮感，卻又沒真正提供任何資訊。但兩名蒼白、粗壯的職員以無比堅定友善的態度將我帶向虛擬實境體驗室，我沒勇氣表示反對。他們幫我戴上頭盔，包上防護衣，雙腿雙臂套上長褲長手套。然後我孤伶伶在那裡坐了大概至少一刻鐘，等著節目開始，努力對抗幽閉恐懼，看著黑暗中眼皮裡的各種顏色，同時納悶一「伊資！分」是多久。或者單數應該是「伊資！」？又或者他們把表示複數的字放在前面，所以單數應該是「資！分」？總之什麼事都沒發生，我的文法推論也煩了，於是決定管他的。我脫下虛擬實境裝備，心懷愧疚又故作無事地經過那些職員前面，走到放著灌木盆栽的門外。飯店門口總是放著灌木盆栽，這點在哪個次元都一樣。

我看看導覽地圖，決定前往標示著三顆星的美術館。天氣涼爽晴朗。這裡的建築多半以灰岩建成，配上紅瓦屋頂，整座城看來古老、安穩、繁榮。人們來來往往，各有自己的事要忙，沒人注意我。攸尼人似乎大多體型粗壯、膚色蒼白、一頭紅髮，個個都穿著大衣、長裙和厚重的靴子。

我找到位在一處小公園裡的美術館，走進去。那裡的畫作多半是粗壯的白膚紅髮裸女，有些畫中人雖然沒穿衣服，倒是穿了靴子。這些畫的技巧都很嫻熟，但我看了實在沒感覺，正要走出去，卻捲入兩個人的討論。我想那兩人都是男的，不過從那身大衣、長裙和靴子很難判斷。他們站在一幅畫前爭論，畫裡有個豐滿的紅髮裸女，只著靴子躺在一張花沙發上。我經過時，其中一人轉過來對我說（至少我的翻譯器是這樣顯示）：「如果這個人形是整體設計的中心要素，用以反襯塊體與團形，就不能只說這幅畫是在呈現平面上的間接光線，對吧？」

他，或者她，這個問題問得如此簡單直接，語氣又如此迫切，使我無法只回答一句

「請問你說什麼？」或者搖搖頭假裝聽不懂。於是我再次看看那幅畫，片刻後說道：「唔，也許在實用層面上不能。」

「但你聽聽這木風笛。」另一個人說，這時我才意識到館裡放著某種管弦樂曲，此時主奏的是某種吹奏樂器，也許是黑管，或者高音域的低音管。「轉調非常確切。」這人說，聲音大了點。坐在我們身後的人俯身向前「噓！」了一聲，前排也有人轉過頭來瞪我們一眼。我覺得很窘，坐著動也不動聽完整曲，滿好聽的，不過轉調或什麼——我唯一能認出音調轉變的時候，是我哭卻不知為何而哭的時候——使整首曲子顯得有點不連貫。令我驚訝的是，一個我先前沒注意到的男高音（或許是女低音）站起來，以渾厚嗓音高唱起樂曲主題，最後拔高拉長，獲得廣大表演廳裡的滿堂彩。觀眾大喊、鼓掌，一再要求安可。但村內廣場以西的山丘吹來一陣大風，颳得樹木顫抖又彎腰，我抬頭看見天空雲層滾滾，知道暴風雨就要來臨。雲層不時變暗，又一陣狂風襲來，捲起塵沙、落葉與垃圾，我想還是趕快穿上防水風衣比較好。可是我先前把風衣寄放在美術館的衣帽間了。我的翻譯器別在身上這件外套的領子上，而那張導覽地圖放在風衣口袋。我走到這座小車站的櫃檯，問下一班車幾點出發，窄窄鐵窗後的獨眼男人說：「我們現在沒有火車。」

我轉過身，看見空蕩蕩的鐵軌在車站龐大的拱形屋頂下向遠方延伸，每道鐵軌的閘門前都有號碼。這裡那裡偶爾可見行李推車，遠處有單單一名旅客信步沿著長長月臺走去，但沒有火車。「我需要我的風衣。」我說著，有點慌了。

「去失物招領處問問。」獨眼站員說，然後繼續忙他的表格和時刻表。我穿過車站廣大空洞的空間，朝門口走去，經過一家餐廳和一間咖啡館，找到了失物招領處。我走進去，說：「我把風衣寄放在美術館，可是我把美術館弄不見了。」

櫃檯旁那個健碩的紅髮女人以百無聊賴的聲調說：「等一下。」稍微翻找一番，拿出一張地圖放在櫃檯上朝我推來。「那裡。」她說，伸出一根蒼白豐潤、塗了紅色指甲油的手指，指向一個方塊。「美術館在那裡。」

「但我不知道我在哪裡。這裡是哪裡。這個村子是哪裡。」

「這裡。」她說，指著地圖上另一個方塊，看來離美術館約十到十二條街。「最好趁那型態還在的時候趕快去。今天會颳大風下大雨。」

「這張地圖可以給我嗎？」我可憐兮兮地問，她點頭。

我走上街道，只敢小步小步走，生怕人行道會在我腳前變成深淵，或者面前突然聳立起一座峭壁，或者路口變成海上一艘船的甲板。城裡的街道又寬又平，每隔一段固定距離就與橫向街道交錯，兩旁沒有種樹，很安靜。電動公車和計程車幾無噪音，路上沒有私家車。我繼續走下去，依照地圖走回美術館。我記得這裡的臺階本來應該是青白相間的大理石，現在卻成了黑頁岩，不過除此之外一切都跟我記得的一樣。大致而言，我的記性很差。我走進去，到衣帽間取風衣；那個黑髮銀眼、黑色薄唇的女孩去拿我的風衣時，我納悶先前在火車站我為什麼要問下一班車幾點開。我以為自己要去哪裡？就算上了車，我要在哪裡下？

一拿到風衣，我就匆匆往回走，想回飯店質問個清楚。我穿過陡斜的卵石街道，兩旁都是有陽臺的美麗建築，街上滿是纖細得幾乎骨感、一雙黑唇的攸尼人。看著霧色漸濃，掩住了城外的山陵和高坡上那些房屋的尖頂，我想八成是這裡的空氣有問題。也許攸尼人會抽某種有迷幻效果的菸，不然就是空氣或霧氣中有某種花粉之類，會影響頭腦、混淆感官、或者——想到這點就很可怕——刪除若干記憶，使得一切似乎都顛三倒四，害你記不得自己是怎麼來到現在所在的地方，也記不得其間發生了什麼事。而由於我記性差，也不大能確定自己到底有沒有喪失某些部分的記憶。在某些方面這有點像做夢，但此時我絕對不是在做夢，只是很困惑，而且愈來愈緊張，因此儘管天氣濕冷，我也沒有停下腳步穿風衣，只是打著哆嗦匆匆穿過森林前進。

我聞到木柴燃燒的煙味，在潮濕的空氣中芬芳醒腦，隨即看見一抹光亮，穿透這片在樹林間愈來愈密、幾乎伸手可觸的朦朧霧氣。小徑旁有間樵夫小屋，旁邊有塊幽暗的小菜園，低小的窗戶透出金紅火光，煙囪裊裊飄出炊煙，好一幅寂寥又家常的景象。我敲門，隔了一分鐘，一名老人打開門。他禿頭，鼻子上長了好大一個瘤或疣，手上拿著平底鍋，鍋裡煎的香腸正發出熱鬧的滋滋聲。「你可以許三個願。」他說。

「我希望找到跨次元飯店。」我說。

「這個願你不能許。」老人說。「你難道不想許願讓香腸長在我鼻子上嗎？」

我稍微想了一下，說：「不想。」

「那麼，除了找到去跨次元飯店的路之外，你還想許什麼願？」

我又想了想，說：「我十二、三歲的時候，常想，如果有三個願望可以許，我要許什麼願。我打算許願說，**我希望活到八十五歲並寫了一些精彩好書之後，可以死得很安**

詳，**知道我所愛的人都活得快樂健康**。我知道這是個愚蠢噁心的願望，太務實、太自私了。這是膽小鬼的願望。我也知道這很不公平，人家絕對不會讓我把它當成三個願望之一。何況許了這個願之後，另兩個願又要許什麼？然後我就想，另兩個願望我可以用來讓世上每個人都快樂一點，或者停止戰爭，或者讓大家明天早上起來都覺得很開心，一整天都對別人很好，不，一整年，不，永遠。但接著我就發現自己並不真正相信這些願望可以實現。因此就願望本身而言這些是不錯的願望，可是除了願望之外它們也不可能是別的。堅陣王[2]發現天堂並不完全如他所願時便說過，憑一己所為永不能達成一己之力所不及的目標。就連最勇敢的馬，也有跳不過去的閘門。如果願望是馬匹，我就會養一大群，沙色馬，鹿皮色馬，美麗的野馬，永遠不上鞍轡，永遠不馴服，在平原上盡情奔馳，跑過紅色高原和青色山脈。而膽小鬼只敢騎眼睛是畫上去的木馬，就這麼搖來搖去，在遊樂場原地搖來搖去，所有的平原和高原和高山都只存在於那人自己的眼睛裡。所以別管什麼願望了。請給我一根香腸。」

於是老人跟我一起吃飯。香腸美味極了，馬鈴薯泥和炸洋蔥也非常好吃，就算許願也很難想出更棒的晚餐。飯後我們閒坐了一會兒，看著爐火，雖沒交談但相當自在，然後我感謝他的招待，問他知不知道怎麼去跨次元飯店。

「今夜相當狂亂。」他說，坐在搖椅上搖晃。

「我明天早上得到曼斐斯。」我說。

「曼斐斯。」他若有所思地說，也許他說的是「曼斐濕」。他繼續搖了一陣，然後說：「啊，好吧。那你最好往東走。」

就在這一刻，一整群人從一間我先前沒注意到的內室一擁而出，他們一頭銀髮，膚色泛藍，身穿燕尾服和露肩晚宴服，腳穿小小的尖頭鞋，尖聲爭論，大聲談笑，比著誇張的手勢，眨著眼，人人手上都拿著一只雞尾酒杯，杯裡盛著油油的液體和一顆防腐處理過的綠橄欖。我一點也不想繼續待下去，立刻衝進屋外的夜色，這一夜顯然只會狂亂在老人的小屋裡，因為外面的海邊相當安寧，一輪半月照在波紋不興的黑色水面，海水輕嘆，輕輕沖刷著弧形的寬闊沙灘。

我完全不知哪個方向是往東，便往右邊走去，因為東在我感覺起來一般都是右邊，

2 Yudhishthira，印度史詩《摩訶婆羅達》中人物。

而西則感覺像左，這一定意味著我常常面朝北方。海水看來很吸引人，我脫下鞋襪，踩著來回沖刷沙灘的淺浪。一切如此安寧祥和，我完全沒有心理準備接下來竟會突然爆出震耳的喧囂，亮得刺眼的燈光，還有熱騰騰的番茄湯一度在我四周湧起，害我跌倒差點嗆到。我搖搖晃晃爬上一艘船的甲板，船在傾盆大雨中前進，翻騰的灰色海面上滿是白色浪頭或海豚探出的頭，我分不出究竟是何者。船橋轟然傳出一陣巨響，咆哮著我聽不懂的命令，另一個更大的聲音則是船的警鈴，在雨霧中響亮哀鳴，警告前面有冰山。

「我希望我在跨次元飯店！」我大喊，可是這無力的聲音被四周的喧鬧嘈雜淹沒，反正我也從不相信三個願望這回事。我的衣服被番茄湯和雨水浸得濕透，感覺非常不舒服，然後一道閃電——綠色的閃電，我在書上讀到過，以前卻從沒見過——發出好像煎巨型香腸的劈啪一聲，劈在我面前不到五碼的灰色忙亂中，隨著一聲巨響把甲板一劈兩半。幸好就在此刻我們撞上一座冰山，冰山剛好卡住這艘裂成兩半的船。我爬過欄杆，從傾斜得可怕的甲板踏上冰面，在冰山上看著船的兩半愈來愈斜，緩緩下沉。先前衝上甲板的那些人都穿著藍色泳裝，男的是泳褲，女的是奧運式泳衣。有些人泳裝上有金色條紋，顯然是官員級的服裝，因為穿金線條藍泳裝的人大喊著發號施令，穿素面藍泳裝的人則迅速照做，放下六艘救生艇，兩側各三艘，然後井然有序地陸續登上小艇。最後一個上去的是個男人，他泳褲上的金線條多得幾乎看不出底色是藍色。他跨進救生艇的同時，船的兩半也緩緩沉沒。小艇排成一列，開始在那些白鼻子海豚之間划走。

「等一下，」我喊道：「等一下！那我呢？」

他們沒有回頭。小艇迅速消失在洶湧、幽暗、海豚出沒的冰冷海面。我別無他法，只能往這座冰山上爬，看看能望見什麼。我一邊七手八腳爬過東一塊突起、西一處尖角的冰面，想到彼得潘坐在岩石上說「死亡也會是偉大的冒險」，或至少我記得他是這麼說的。我以前一直認為彼得潘這麼說很勇敢，這樣看待死亡絕對很有建設性，甚至可能是真的。然而此時此刻，我並不特別想知道這說法究竟是真是假。此時此刻，我只想回到跨次元飯店。而可嘆的是，當我爬到冰山頂上，卻看不見什麼飯店，眼前只有灰色的大海，海豚，灰色的霧和雲，以及愈來愈深濃的黑暗。

在此之前，其他的一切事物、一切地方，都迅速變成別的東西。為什麼這裡還沒變？為什麼冰山還沒變成麥田，或煉油廠，或小便池？為什麼我還困在這裡？難道沒什麼我能做的嗎？比方雙腳鞋跟一併，說：「我想回到堪薩斯」[3]？這個次元到底有什麼毛病？還真是個故事書一樣的世界咧！寒風在冰面上呼號，現在我雙腳凍得冰涼，只有番茄湯猶存的溫暖使我衣服不致結冰。我必須移動，必須做些什麼。我開始試著用雙手和腳跟在冰上挖洞，敲破突角，把大雪塊踢鬆挖起來丟開。被我丟向大海的雪塊，看來像海鷗或白蝴蝶飛去。一點用也沒有。現在我非常生氣了，氣得冰山開始融化，冒出煙霧，發出輕微的滋滋聲，我就像燒紅的火鉗一樣開始下沉，氣得又紅又熱，對那兩個連忙拆下我腿上手上套子的蒼白職員大吼：「你們到底在搞什麼鬼？」

他們非常尷尬，也非常擔心。他們害怕我發瘋了，怕我告他們這家跨次元飯店，怕我會去其他次元說攸尼的壞話。他們不知道「美麗攸尼的虛擬實境體驗」哪裡出了問題，不過顯然確實有哪裡不對勁，他們得找程式設計師來。

那人來了之後——他全身上下只有一條藍色泳褲，加上一副牛角框眼鏡——隨便檢查一下那臺機器，便宣稱它一點也沒有故障。他一口咬定我的「紊亂」是由於頻率不幸半重疊，那是種心理效果，因為我的腦波有些不尋常，與他們的程式交互作用所造成。他說這很不正常，是出於抗性問題。他的語調像是在指控我，我又生氣起來，告訴他和那些職員，這臺該死的機器出毛病不該怪我，他們要不就該把它修好，要不就該把它關閉，讓觀光客用自己實在、不正常、有抗性的肉體去體驗美麗的攸尼。

然後經理也來了，她是個白膚紅髮的粗壯女人，一絲不掛，只穿了雙靴子。職員穿的是非常短小的洋裝加靴子。正在大廳吸塵的那人則是又穿又披了一大堆裙子、長褲、外套、圍巾和面紗。看來階級愈高的攸尼人穿得愈少。不過現在我對他們的風俗習慣已經不感興趣了，只是瞪眼怒視著經理。她不甚認真地說了些討好的話，做了他們那種人會做的意帶威脅的道歉兼賠償，意思就是說你如果識好歹就該接受我們開出的條件：我住這家飯店和攸尼的任何飯店都不用付錢，可以免費搭火車前往風景如畫的吉！瑪，還免費贈送博物館、馬戲團、香腸工廠的門票，以及其他各種優惠，她機械化地說個不停，直到我插嘴打岔。不用了，謝謝，我已經受夠了攸尼，此時此刻就要離開。我得趕飛機到曼斐濕。

「怎麼回去？」她說，帶著令人不快的微笑。

3 這是《綠野仙蹤》（A Wizard of OZ）故事裡主角桃樂絲最終得以回家的方式。

聽到這個簡單的問題，一陣驚恐像冰山融水流遍我全身，使我無法呼吸、無法思考。

我知道我是怎麼來到這裡，怎麼去到其他次元的——藉由在機場等候的空檔，當然。

只是那機場在我的次元，而非這個次元。我不知道**怎麼回到那個機場**。

我呆立原地，就像結凍一般。

所幸這經理巴不得早點送走我。翻譯器翻成「怎麼回去？」的這句話，其實應該是「怎麼，要回去了？真遺憾」，不過被經理那雙不輕易開啟的厚唇砍掉一半。而一聽到此一錯誤訊息，我這膽小鬼就嚇得大腦停止運作、記憶中斷，正如光是害怕忘記人名這一點，就足以確保我會忘記任何我必須向別人介紹的人的名字。

「等待室在這邊。」經理說著帶我穿過大廳往回走，她光溜溜的屁股沉重而惡意地擺動著。

當然，所有跨次元事務署的飯店和飯店都設有跟機場一模一樣的等待室：一排排塑膠椅釘死在地上；糟透的快餐廳沒有座位，雖沒開門但仍散發餿掉的牛油臭味；你隔壁坐了個感冒的肥胖鬆軟的男人，鼻水狂流；螢幕上顯示的到站和離站班次閃得太快，你永遠不確定是否能在那幾千筆資料裡找到你要轉搭的班機，不然就是好不容易找到，卻發現登機門改了，這意味著你人應該在航廈的另一區，於是你的焦慮不安很快就升高到有效的程度——然後你就回到了丹佛機場，坐著釘死在地板上的塑膠椅，隔壁一個鼻塞的胖男人讀著一本叫做《成功的高利貸》的雜誌，四周充滿餿掉的牛油味、兩歲小孩難受大哭的聲音、以及透過擴音器轟然傳來的女聲，我想像她是個粗壯的白膚紅髮裸女，只穿一雙靴子，宣布往曼斐濕的四XX號班機因故取消。

能回到這個次元，我心中充滿感激。現在我不想往東走了，我想去西邊。我搭上一班飛機，前往美麗、安寧、神智正常的洛杉磯，抵達後在當地飯店好好泡了個很長、很熱的熱水澡。我知道泡澡的水太熱有可能使人心臟病發而死，但我還是甘冒這個風險。

繆思系列36

轉機 Changing Planes

勒瑰恩15篇跨次元旅行記

作者	娥蘇拉・勒瑰恩
譯者	嚴韻
社長	陳蕙慧
副總編輯	戴偉傑
責任編輯	鄭琬融
行銷企劃	陳雅雯、尹子麟、汪佳穎
排版	宸遠彩藝
讀書共和國集團社長	郭重興
發行人兼出版總監	曾大福
印務	黃禮賢、林文義
出版	木馬文化事業股份有限公司
發行	遠足文化事業股份有限公司
地址	231 新北市新店區民權路 108-3 號 8 樓
電話	02-2218-1417
傳真	02-2218-0727
E-mail	service@bookrep.com.tw
郵撥帳號	19588272　木馬文化事業股份有限公司
客服專線	0800221029
法律顧問	華陽國際專利商標事務所　蘇文生　律師
印刷	前進彩藝有限公司
初版一刷	2021 年 8 月
定價	新台幣 320 元
ISBN	978-986-359-997-5

國家圖書館出版品預行編目

轉機 : 勒瑰恩 15 篇跨次元旅行記 / 娥蘇拉 . 勒瑰恩 (Ursula K. Le Guin) 作 ;
嚴韻譯 . -- 初版 . -- 新北市 : 木馬文化事業股份有限公司出版 : 遠足文化事業股份有限公司發行 , 2021.08
面 ;　公分. -- (繆思系列 ; 36)
譯自 : Changing planes.
ISBN 978-986-359-997-5(平裝)

874.57　　110010118